KB138648

한 끗 차이

고통과 쾌감은 한 끗 차이
사랑과 증오도 한 끗 차이
천재와 광인 역시 한 끗 차이
출생의 순간과 죽음의 순간 또한 한 끗 차이
율동성을 가진 시의 리듬과
율동성을 가진 음악의 리듬도 역시 한 끗 차이
특히 시와 음악은
인류가 창조해낸 가장 위대한 이 두 유산은
서로가 너무나도 닮아 있어서
나는 때때로 이 두 장르를 혼동한다네

순간의 환영

순간의 환영

©김성은, 2023

1판 1쇄 인쇄__2023년 12월 20일
1판 1쇄 발행__2023년 12월 30일

지은이__김성은
펴낸이__양정섭

펴낸곳__예서
     등록__제2019-000020호

제작·공급__경진출판
     사업장주소__서울특별시 금천구 시흥대로 57길 17(시흥동), 영광빌딩 203호
     전화__070-7550-7776 팩스__02-806-7282
     홈페이지__https://mykyungjin.tistory.com
     이메일__mykyungjin@daum.net

값 12,000원
ISBN 979-11-91938-57-9 03810

예서의시 027

순간의 환영

김성은 시집

차례

한 끗 차이

1부 서정 소품집

2부 사르카즘−독립출판물 풍으로

3부 엑스터시—술 취한 상태에서 기록한 것들

1부 서정 소품집

Erotic

나는 바람이 부러울 때가 종종 있다
내가 만약 바람이라면
원 없이 그 사람 주위를 맴돌 수 있을 텐데
잠시 눈을 감고 내가 바람이 되었다고 상상해본다
그 사람의 이마에 이슬 같은 땀방울이 맺히는 순간이 오면
나는 조용히 그 사람 앞에 다가가 그 사람에게는
보이지 않는 나의 입술을 조금 오므리고
후 후 입바람을 불어서 그 사랑스러운 이마에
맺혀 있는 땀방울을 정성스럽게 말려줘야지

나의 숨결을 느낀 그 사람이
'아 정말 바람이 시원하구나' 하고 말해준다면
나는 떨리는 마음을 뒤로 숨기고 용기를 내어
그 사람의 머리카락을 헝클이듯 쓰다듬으며
땀방울이 마른 이마에서부터 시작해서 오뚝한 코와
수줍어하면 붉게 상기되는 희고 탱탱한 양 볼
그리고 앵두 같은 입술에 이르기까지
그 아름다운 얼굴 곳곳에
나의 입술을
조심스럽고도 장난스럽게 살짝 갖다 대어야지

만약 나의 숨결과 입맞춤으로 인하여 그 사람의 몸이
서서히 달아오른다면 나는 상쾌한 공기를 준비한 후
그 사람의 눈빛 하나하나 표정 하나하나
몸짓 하나하나를 숨죽여 지켜보다가
그 사람이 발가락을 오므린 상태에서 입술을 벌리고
숨을 깊게 들이마실 때 그 절정의 순간에 내가 준비한
상쾌한 공기와 함께 그 사람의 코와 입안으로 들어가
그 사람의 숨결로 다시 태어나련다

한 음유시인의 세레나데

나의 손가락 끝에서 나온 소리가
그 음으로 이루어진 시들이
그 사람의 귀를 거쳐서 마음으로 전달될 때
잠시나마 그 사람의 마음이 따뜻하게 데워질 수 있다면

나의 손으로 적힌 글들이
내 마음으로 다듬어진 시들의 한 구절 한 구절이
그 사람의 눈을 거쳐서 마음으로 전달될 때
잠시나마 그 사람의 입가에 미소가 맴돌 수 있다면

그 소리와 글들이 그 사람의 귀와 눈을 거쳐서
마음속에 자신을 조용히 되돌아볼 수 있는
피안의 세계가 생길 수 있도록
조그만 공간을 마련해준다면

내 삶의 파편들이 그리고 내 인생의 조각들이
그리 덧없는 것들은 아니었노라고 말할 수 있을 텐데
비록 서로가 만날 수 없는 경계의 끝에
각각 서 있을지라도
그 소리와 글들로 인하여 마음으로 연결될 수 있다면

얼마나 좋을까?

영혼과 영혼 사이의 레가토는

악기로 연주되는 레가토보다

훨씬 더 아름답고 감동적이겠지

보이지 않는 것이 무슨 대수랴

나는 사막여우가 어린 왕자에게 가르쳐줬던

그 신비로운 비밀과 진리를 기억한다

가장 중요한 것은 눈에 보이지 않는 법이란다

정말 그렇다면 정말 그럴 수 있다면

남은 인생을 투명인간으로 살아가야만 한다 하더라도

그리 아쉽지 않을 것 같구나

눈

눈은 마음의 거울

그리고 영혼의 반영

사람이 사람의 존엄성을 훼손하고

때가 되면 밥을 먹듯

너무나도 자연스럽고 당연하게 그리고 아무렇지도 않게

스스로 인간성을 짓밟는 이성을 상실한 세상 속에서

나는 어렴풋하면서도 생생하게 살아있는

작은 빛 하나를 발견했다

생기를 띤 채 영롱하게 반짝이고 있었던

그 빛과 그 빛을 담고 있는 눈에는

생명에 대한 애정과 더불어

생명을 위협하는 모든 것에 대한

실망감과 분노가 서려 있었다

그렇게 그 빛과 그 빛을 담고 있는 눈은

살아있음을 스스로 증명하며 계속하여 반짝이고 있었다

생기를 띤 채 영롱하게

눈은 마음의 거울

그리고 영혼의 반영

사계

봄에는 화창한 봄날처럼
온화하고 맑은 마음으로 당신을 사랑하겠습니다

여름에는 태양과도 같이 형용하기 어려울 정도의
뜨거운 마음으로 당신을 사랑하겠습니다

가을에는 나무가 낙엽을 바닥으로 떨구어내듯이
이전의 마음을 떨구고
새로운 마음으로 당신을 사랑하겠습니다

겨울에는 새하얀 눈송이처럼
희고 순수한 마음으로 당신을 사랑하겠습니다

기도

냉철한 이성과 따뜻한 마음을 가지고
자신의 목소리를 내는 사람이 되기를
간절히 바랍니다
좌고우면하지 않고 올곧으며 그리고 당당하게
자신의 길을 걸어가는 사람이 되기를
간절히 바랍니다
세상의 시류보다는 진실을 먼저 의식하는 사람이 되기를
높은 자들의 소리보다 낮은 자들의 소리에
더 귀 기울여주는
사람이 되기를 간절히 바랍니다
올바른 역사를 전하는 동시에
부끄러운 역사도 외면하지 않는
사람이 되기를 간절히 바랍니다
역사를 전달하면서 동시에
자신만의 역사를 만들어나가기를
그 역사가 훗날 부끄러움 없이 회자될 수 있기를
나는 오늘도 두 손 모아 간절히 기도드립니다

백조

고요하고 잔잔하게 물살을 가로지르며
자신만의 길을 항해하고 있는
내가 아는 그 하얀 백조
시기와 질투의 거센 물결에도
정파적인 미움과 증오를 실은 세찬 바람에도
아랑곳하지 않고 묵묵하게 물살을 가로지르며
자신만의 길을 항해하고 있는 그 하얀 백조
백조야 나는 알고 있단다
저 하늘에 떠 있는 태양이
형언하기 어려울 정도의 뜨거움을 감내하고 있기에
이 세상을 빛으로 환하게 비추어주듯이
고요하고 잔잔하게 물살을 가로지르는
너의 그 모습 뒤에는
사람들이 보지 못하거나 쉽게 간과하는
물속에서의 움직임이 있다는 것을
그 다리의 움직임들을
나는 알고 있고 느낄 수 있단다
담담하게 그리고 때로는 담대하게
자신만의 길을 항해하고 있는 너를
내가 어떻게 사랑하지 않을 수 있겠니?

미소

그 사람은 알까?
비록 찰나의 순간 잠깐 반짝이다 사라지는 미소일지라도
잠시 얼굴에 머무르다 금방 사라지는 미소일지라도
그 짧은 순간의 미소가 그녀의 얼굴과 이 세상을
그리고 내 마음을 얼마나 환하게 빛으로 물들이는지를

꽃이 자라기 위해서는 물이 필요하듯
물을 주지 않으면 꽃이 시들듯
암흑 같은 이 세상에서 빛을 찾아가는
나의 여정을 위해서는
비록 찰나의 순간 잠깐 반짝이다 사라지는 미소일지라도
잠시 얼굴에 머무르다 금방 사라지는 미소일지라도
내게는 그 사람의 미소가 절실하게 필요하지
나는 안다 만약 그 사람의 미소를 보지 못한다면
불꽃을 향하여 나아가는 과정에서 나의 영혼은
서서히 메마르다가 흔적도 없이 소진되리라는 것을

그 사람이 꼭 알아줬으면 좋겠다
그리고 잊지 않았으면 좋겠다
언젠가 자신이 웃음을 잃어버리면서 살아왔다는 것을

직시했을 때 자신이 웃음을 잃어버린 딱 그 시간만큼
누군가 어둠속에서
빛을 찾지 못하고 허우적거렸다는 사실을

그 사람과 그 아름다운 미소를 생각하며 기도드립니다
신이시여 나의 기도에 귀를 기울여 주소서
세상의 많은 것들을 환하게 비추어 주는
그 아름다운 미소를 그 사람이 항상 간직하기를
간절하게 정말 간절하게 기도드립니다
어떤 상황이 오더라고 그 사람이 빛이 나는
그 환한 미소를 잃어버리지 않도록 도와주소서
설령 잃어버리는 상황이 오더라도 주의 은총으로
세상을 빛으로 아름답게 물들이는 그 아름다운 미소를
되찾을 수 있도록 주께서 그 사람과 그 사람의 마음을
인도하여 주시고 주관해주십시오 아멘

헌정
—생일선물

당신은 나의 시 그리고 나의 음악
내가 시를 쓸 때 나의 머릿속에는 항상 당신이 있고
내가 음악을 대할 때 나의 마음은 항상 당신을 품고 있죠

시는 책 속에 기록되어 있지만 만질 수 없고
음악 역시 악보 안에 기록되어 있지만 만질 수 없죠
마치 당신처럼

시인은 언어라는 통로를 통하여 시를 빚어내죠
마음과 언어로 빚어진 시는 비록 만질 수 없지만
그 무엇보다 사람의 마음속을
뜨겁게 만드는 힘을 가지고 있죠

음악가는 작곡가를 만날 수 없고
작곡가의 음악을 만질 수 없어도
소리라는 통로를 통하여 평생 동안
작곡가와 음악을 열렬하게 사랑하죠

당신 역시 나에게는 마찬가지입니다
지금 당장 만나서 서로의 손을 맞잡을 수는 없지만

나의 마음과 기억 속에 고이 간직된
수정같이 맑은 당신의 두 눈과
사람의 마음을 따뜻하게 감싸주는 당신의 목소리
그것만으로도 나는 당신을 열렬하게 사랑할 수 있지요

지금 이 순간 서로가 멀리 떨어져 있기에
나는 더 간절한 마음으로 시를 통하여 당신을 그려내고
지금 이 순간 서로가 마주 보며 웃을 수 없기에
나는 더 간절한 마음으로
당신을 마음속에 품고 음악을 대하죠

당신은 나의 시 그리고 나의 음악
때로는 시보다 더 뜨겁게 나의 마음속을
불꽃으로 지피는 당신
I Love You
사랑합니다
음악보다 더

사랑의 인사
−프루스트 풍의 코다를 담아서

저 하늘에 떠 있는 달은 하나이기에
달을 바라볼 때면 나는 왠지 모를 안도감을 느낀다
만약 달이 별들처럼 여러 개라면
내가 바라보는 달과
그 사람이 바라보는 달이
다를 수 있겠지만
저 하늘에 떠 있는 달은 하나이기에
나는 안심하고 달을 바라보며 달에게 말 건네본다
달아 언젠가 그 사람이 어느 한 밤중에
하염없이 너를 바라보거든
나 대신 그 사람에게 인사와 안부를 전해주겠니?
내가 너를 하염없이 바라볼 때마다 머릿속에 떠올라서
애틋한 마음으로 생각하는 사람이 있는데
지금 나를 하염없이 바라보고 있는 당신이
바로 그 사람이라고
그녀에게 전해주었으면 좋겠구나

저 하늘에 떠 있는 태양은 하나이기에
태양을 바라볼 때면 나는 왠지 모를 안도감을 느낀다
만약 태양이 별들처럼 여러 개라면

내가 바라보는 태양과 그 사람이 바라보는 태양이

다를 수 있겠지만

저 하늘에 떠 있는 태양은 하나이기에

나는 안심하는 동시에 눈을 지그시 감고 고개를 들어

태양을 바라보며 태양에게 말 건네본다

태양아 언젠가 그 사람이 눈을 지그시 감고 고개를 들어

눈부시게 빛을 발하고 있는 너를 바라본다면

나 대신 그 사람에게 인사와 안부를 전해주겠니?

나와 너처럼 서로가 온전히 닿을 수 없지만

그럼에도 불구하고 너 못지않게 뜨거운 마음으로

아끼고 사모하는 사람이 있는데

수정같이 맑은 두 눈을 지그시 감고 고개를 들어

지금 나를 바라보고 있는 당신이 바로 그 사람이라고

그리고 당신도 나 못지않게 눈부시다 하더라고

그녀에게 전해주었으면 좋겠구나

그리고 하늘에 떠 있는 셀 수 없이 많은 별들아

언젠가 그 사람이 슬픔에 휩싸여 눈물을 머금은 채

밖으로 나와 홀로 너희들을 한참 동안 바라본다면

나 대신 그 사람에게 인사와 안부를 전해주겠니?

우리들의 수만큼이나 많이 누군가를 그리며

염려하는 사람이 있는데

그 사람이 우리를 지그시 바라보면서

슬픔에 휩싸여 눈물을 머금은 채 밖으로 나와 홀로 우리를

한참 동안 바라보고 있는 당신에게

위로를 건네달라며 부탁했다고

그녀에게 전해주었으면 좋겠구나

또 지금 당신의 눈가에 촉촉이 맺힌 눈물이

바람에 의해 마른 것은

턱밑에 떨어질 정도로 많은 눈물이

당신의 얼굴에 흐르는 것을 원치 않아

그 사람이 바람에게 절실한 마음으로 간절히 부탁하여

바람이 당신에게 신선한 공기를 실어다 주어서

상쾌한 기분이 마음속에 움틀 수 있도록 했기 때문에

그 아름다운 두 눈에서 흐르던 눈물이 그칠 수 있었다고

그녀에게 전해주었으면 좋겠구나

무언가*

—Song Without Words

**

*'무언가'는 가사가 없는 노래를 뜻한다.

**이 작품은 내용이 아예 없다. 누군가를 향한 자신의 마음은 말과 언어로 이루 표현할 수 없다는 것을 극대화하여 나타내기 위해 저자는 의도적으로 시의 내용을 삭제한 채 공백으로 남겨두었다.

2부 사르카즘*

—독립출판물** 풍으로

*사르카즘은 조롱, 풍자, 비아냥의 뜻을 내포하고 있다. 러시아의 작곡가 세르게이 프로코피예프는 자신의 문제작인 피아노를 위한 5개의 소품 〈사르카즘〉 Op. 17을 통하여 전통적인 화성법에 대한 반감을 여지없이 드러낸 바 있다.

**독립출판은 출판 시장에서 일어난 인디 문화현상으로 정의될 수 있다. 작가 개인이 주체가 되어 자신만의 이야기를 틀에 얽매이지 않는 방식으로 자유롭게 책으로 엮어서 배포하기 때문에 독립출판은 편집자의 개입이 불가피한 기성 출판과는 대비된다. 독립출판물은 작가가 직접 기획하고 편집한 책인 만큼 작가의 의도와 개성이 고스란히 담겨 있는 특징을 가지고 있다.

냄새 퇴치

―JTBC 박성태 기자 풍으로

손님이 오기로 하였는데
방 안에서 쾨쾨한 냄새가 난다면
방 안에서 담배를 피우세요

손님이 왔는데 방 안에서
발 냄새가 나는 것 같아 신경 쓰인다면
방 안에서 담배를 피우세요

방 안에서 손님과 이야기를 하는데
입 냄새가 나는 것 같아 신경 쓰인다면
방 안에서 담배를 피우세요

방 안에 담배 냄새가 너무 난다며
손님이 눈살을 찌푸리며 핀잔을 준다면
방 안에서 에프킬라를 뿌리세요
경건한 마음으로 그리고 속죄하는 마음으로
치익치익 치익치익

눈물 젖은 빵

처음으로 아파트에서 혼자 자취를 시작했을 무렵
쌀밥 위에 쇠고기 다시다를 뿌려서 먹다가
쇠고기 가루 비슷한 것이 씹혀지기라도 하면
'오늘은 재수가 좋다' 하며 마냥 행복해했던 그때 그 시절
그 당시 내가 할 수 있었던 유일한 요리였던 양파 볶음
프라이팬에 식용유를 뿌리고 양파를 볶다가 마지막으로
잘 익은 양파 위에 간장 한 숟가락을 뿌리면
모든 것이 해결되었지
나는 나의 광기가 시작되었던 그날을 뚜렷하게 기억한다
양파를 볶기 위해서 양파 껍질을 깔 때 하염없이
흘러내렸던 눈물 그리고 그 순간 나의 머릿속에서
순간적으로 번뜩였던 섬광 그 섬광은 나의 삶에
움트기 시작한 광기의 씨앗이었다

그때 나는 흐르는 눈물을 닦으며 생각했었지
삶을 알고 싶다 삶을 누리고 싶다 삶을 논하고 싶다
그리고 냉장고 안에서 말라비틀어진 큰 빵 하나를
꺼낸 뒤 그 빵을 바라보며 진지하게 생각했었다
조준 목표설정 발사
그리고 내 귀에 들려왔던 새로운 세계의 울림

뚝 뚝 뚝
명중을 알렸던 그 소리는 촉촉한 질감을 가지고 있었고
공기와 같이 가볍게 느껴졌지만 동시에 세상을 위아래
이리저리 뒤흔들 수 있는 삶의 육중한 무게감을
내포하고 있는 듯
텁텁하면서도 무거운 울림을 가지고 있었다

메마른 땅이 빗물을 흡수하듯이 서서히 나의 눈물을
흡수했던 그 큰 빵 그 말라비틀어졌던 빵
그러나 공기가 순식간에
내 눈물의 수분을 삼켜버릴 수 있었기에
나는 조급한 마음으로 빵을 한 입 베어 물었지
눈물 젖은 빵을 먹으며 나는 생각했다
음 생각보다 촉촉해 그리고 염분이 느껴져
그 순간 반복적으로 들려왔던 형의 목소리
임마 이거 완전 또라이네
임마 이거 완전 또라이네
임마 이거 완전 또라이네

육교에서 있었던 일

육교 위를 건너다 만났던 그녀가 생각난다
노란색 원피스를 입고 긴 생머리를 단정하게 묶은 채
함박웃음을 지으며 손을 흔들면서
내 쪽으로 다가왔었던 그녀
갑자기 걸음을 멈추고 앙증맞게 점프를 하면서 화살을
날려 보내는 시늉을 하며 내 쪽으로 걸어왔었던 그녀
정말 빛이 났던 그때의 그 미소 그리고
바람에 살며시 휘날리던 원피스의 치맛자락

생판 모르는 여성이
저 멀리서부터 웃음을 짓고 손짓을 하면서
서서히 다가오기에
그리고 심장이 멎을 정도로 귀엽게 아양을 떨면서
내게로 가까이 다가오기에
나는 몇 번씩이나 뒤를 돌아다보았었지
순간 머릿속에서 번뜩 떠올랐던 생각들
설마 나? 육교 위에는 아무도 없는데?
아무래도 나인 것 같은데? 나한테 하는 것 맞는 것 같은데?
이건 분명히 나다 오 할렐루야 나야 나
그녀가 바로 앞에까지 다가왔을 때 나 역시 웃음을 지으며

손을 살랑살랑 흔드는데 그 순간 들려왔던 그녀의 목소리
오빠야 내가 너무 늦었제 미안 한 번만 봐도
육교 위만 보고 계단 쪽을 확인하지 않은
나의 무지함을 탓하며
'모기가 더럽게 많네' 하고 중얼거리며 순간적으로 모양을
바꿔서 손을 공중에 이리저리 휘저었던 나
아무 일도 없었던 것처럼
오직 앞만 보고 걸어갔던 그때 그 순간의 나

그날을 어떻게 잊을 수 있을까?
베이징 올림픽에서 우리나라 야구 대표팀이
강적 쿠바를 이기고 금메달을 따기 하루 전날
만약 그 커플이 걸음을 멈추고
'왜 내 여자친구에게 수작을 부려요' 하고 따졌거나
'나는 당신 모르는데 왜 저한테 인사하세요' 하고 물었다면
아마도 정말 진지하게 육교에서
뛰어내릴 생각을 했을 수도 있었으리라

그 뒤 한참의 시간이 지난 뒤
인터넷에서 나와 비슷한 상황을 경험했던

남자들의 사연이 올라와 있는 글들을 발견했을 때
나의 머릿속으로 들어왔었던 생각 하나
세상은 넓고 또라이는 많다
어떤 미친놈은 자기가 주인공이 아닌 것을 확인하자마자
곧바로 태세를 전환하여
제자리에서 피티체조를 하며 구호를
우렁차게 외쳤다지 그것도 횡단보도를 건널 때
아 우매한 남자들이여 제발 정신 좀 차립시다

사르카즘

음악원에 재학할 당시 한국에서 여름방학을 보내고
러시아로 출국하기 전에 항상 거쳤던 통과의례
그것은 바로 뷔페에 가서 요단강을 건널 때까지 내가
좋아하는 음식들을 뱃속에 넣는 성스러운 의식
뷔페에 가는 날마다 아버지께서 하셨던 말씀
음식도 하나 제대로 못 만드는 놈인데 쯧쯧
토할 때 토하더라도 후회 없이 먹어라
그래야 내년까지 버티지
뷔페에 가는 날에는
항상 몸과 마음을 정결하고 경건하게 단장을 하기 위해
아침에 일찍 일어나서 샤워를 했던 나
잊을 수 없는 그해 여름방학의 끝자락
뷔페에 가서 새로운 역사를 썼던 그날

뷔페에 도착 그리고 세팅
첫 번째 접시
두 번째 접시
세 번째 접시
네 번째 접시

내가 먹는 모습을 보시고 어머니께서 하셨던 말씀

배탈 나겠다 적당히 먹어라

그리고 어머니께서 그런 말씀을 하실 때마다

아버지께서 어김없이 하셨던 말씀

놔둬요 성은이 야는 웬만한 돼지보다 더 많이 먹는다니까

일 년간 버텨야 되는데 내버려둬요

그날 나는 아버지의 고정 레퍼토리를 들으면서

이렇게 생각했었지

만약에 지금 여기서 멈춘다면 분명히 러시아에 가서

땅을 치고 후회하게 되어 있다 그때 가서 후회하지 말고

넣어라 넣어라 무조건 넣어라

지금부터 나는 인간이 아니다

나는 돼지다 나는 인격이 없는 돼지다

나는 고통을 알지 못하는 돼지다

꿀 꿀 꿀 꿀

소 갈비찜과 탕수육 안에 들어 있는 고기가

더 이상 고기로 보이지 않을 때가 돼서야

비로소 멈췄던 그 숭고한 의식

그날 식사를 마치고 엘리베이터를 타고 내려오는데

엘리베이터가 움직이자마자 속이 울렁거리면서
나의 의지와는 상관없이 뱃속으로 들어갔던 음식물이
아래에서 위로 마구 올라오기 시작했었지
1층 도착을 간절하게 기다렸던 그때의 나
엘리베이터 문이 열리자마자 흡사 폭포수처럼
숏구쳐 올랐던 토사물을 두 손으로 막으며
불굴의 의지로 화장실로 뛰어갔던 나 그리고
배를 잡고 웃으면서 화장실까지 내 뒤를 쫓아왔던 형

화장실 도착
그리고 변기 받침대 주변에 두 손을 얹은 뒤
내용물 투하
그때 순간적으로 머릿속에 들어왔던 생각
이상하다 나는 분명히 배출을 하고 있는데
왜 무엇인가 입안으로 들어오고 있지
나는 형에게 손짓을 하면서 말했었지
행님아 이상하다 헛것이 보이고 느껴진다
토하고 있는 그 순간의 나를 보고
변기 옆에 서서 경사가 난 듯이 웃으면서 형이 했던 말
아놔 임마 이거 토하면서 비대 물을 마시고 있노

니 뭐 만졌노 아뇨 니 비데 버튼 눌렀다 으하하하
화장실 안에서 낭랑하게 울려 퍼졌던 그 사악한 웃음소리
프로코피예프의 〈악마적 암시〉를 연상시켰던 그때
형의 그 웃음소리
들린다 들린다 지금도 그때 그 웃음소리가 들린다

회상

그때 그녀가 상냥하게 웃으며 내게 물었다
매운 것을 좋아하나요?
나도 상냥하게 웃으며 대답했었다
네
대답과 동시에 마음속 깊은 곳에서 울렸던 그 소리를
나는 지금도 생생히 기억한다
미세하게 울렸던 그 소리
조용히 그리고 잔잔히 떠오르며 내게 말 건네왔던 그 소리
작은 파동을 일으키며 담배 연기 피어오르듯
심장을 거쳐 귀와 머리로 전달되었던 그 소리
섬광처럼 번뜩이며 머릿속에 각인되었던 그 소리
그 소리는 내게 이렇게 말을 건네었지
씨발 넌 이제 좆 됐어

장성규

내 돈 내놔라 오천 원
나 그대가 아나운서 아니라고
손모가지와 전 재산을 걸었다가
손목은 도끼에 찍힐 뻔했으며
통장은 압류당할 뻔했다
이게 무슨 봉변이냐
옛날 옛적 〈야심만만〉에서 윤종신 씨가 강호동 씨에게
깐족거리다가 가차 없이 응징을 당할 때
그분이 개그맨이 아니라
가수였다는 사실을 알고 놀랐었지만
나에게는 그대가 개그맨이 아니라 아나운서였다는 사실이
그보다 훨씬 더 큰 충격적이다

내 돈 내놔라 오천 원
통장을 압류당하기 직전에 빌고 사정을 해서
차선책으로 손목은 몸에 붙여놓기로 하고
내 지갑에 있던 전 재산 오천 원을 그 야만인들에게
내놓는 것으로 다행히 합의를 보았지만
그 돈을 생각하면 지금도 치가 떨리고 속이 쓰리다

내 돈 내놔라 오천 원
그 돈이면 내가 사랑하는 소주인 진로골드를 두 병 사고
막걸리를 한 병 더 산다
그대 행실을 생각하면 할수록 분하고 억울하도다
어떻게 그대가 아나운서일 수 있었을까
그대가 뉴스 진행을 했다고 생각하니
정신이 아찔해지고 눈앞이 캄캄해진다
누가 봐도 개그맨인데 아나운서였다니
그대의 언행 무엄하기 짝이 없구나
나 그대 용서하지 못하겠으니
능히 능지처참감이로다

내 돈 내놔라 오천 원
성규 형님 내 돈 내놔요
형 내 돈 내놔
〈태극기 휘날리며〉의 명대사가 생각이 나는구나
형… 형!!!

JTBC 전현직 여자 아나운서들의
여권 영문 이름 및 한자 이름 뜻풀이
−언어의 유희

안나경

Sir An Na

안나 경

강지영

Kang Ji Zero

강지 없다

조수애

Jo Su Egg

조수의 계란

한민용

Han Min Dragon

한국 민족의 용

송민교

Song Min School

노래하는 민족의 학교

황남희

Gold South Hee

금은 남쪽에 있는 것이 어 어 어

네트워크 접속이 원활하지 않습니다

입력 오류가 있는지 확인하세요

다시 연결해주세요

이 네트워크에 연결할 수 없습니다

뷔페에서 있었던 일

날것을 잘 먹지 못하는 나
생선회는 지금도 부담스럽게 느껴지는 메뉴
연어회나 생굴을 맛있게 먹는 가족들을 볼 때마다
기이함을 느끼며 왠지 모를 소외감을 느끼는 나
물회도 못 먹겠고 회 초밥도 마찬가지
내게 육회나 육회비빔밥을 먹으라고 강권하는 것은
매운탕에 들어 있는 생선 대가리를 먹으라고
강요하는 것과 매한가지

그뿐이랴?
쇠고기 스테이크도 바싹 익히지 않으면 먹기가 힘들지
육즙은 내게 중요한 것이 아니다
핏기 비슷한 것이 보이지 않기만 하면 된다
그렇다 나는 날로 먹는 것이 힘든 사람이다
식성도 그렇지만 인생도 그렇다
나는 날로 먹는 인생은 살고 싶지 않다
인생을 날로 먹으려는 인간들의 상판대기에 필요한 것은
표정관리가 아닌 김연경 선수의 강스파이크

날것을 잘 먹지 못하는 나

그리고 얼굴이 예쁘거나 목소리가 예쁜 여자에 약한 나

나는 그때 뷔페에서 있었던 일을

어제 일처럼 생생하게 기억하고 있지

쇠고기 스테이크를 먹기 위해서 그릴 코너에 갔을 때

수애를 닮았던 그녀가

스테이크와 해물 철판 요리를

너무나 능숙하게 굽는 모습을 보면서

왠지 모를 위축감을 느꼈던 나

하지만 아무리 수애라도

내게 날것을 먹으라고 강요할 수는 없는 법

줄을 서서 기다리다 내 차례가 왔을 때

그녀와 눈이 마주쳤는데

순간적으로 무대에서나 느낄 법한 울렁증을 느꼈었지

아니면 무대 공포증이라고 해야 하나?

그리고 머릿속은 이미 엉망진창

'뭐 드릴까요?' 하고 물었던 그녀와

이미 반은 혼이 빠져나갔었던 그때의 나

하지만 덜 익은 스테이크를 먹을 수는 없기에

고기를 바싹 익혀달라는 말을 꼭 해야만 했었지

이성의 끈을 놓지 않으려 애썼지만

머릿속은 이미 엉망진창

레어 미디움 웰던 레어 미디움 웰던 레어 미디움 웰던

그때 그녀에게 건넸던 그 말 한마디 때문에

나는 태어나서 처음으로

뷔페에 가서 쇠고기 스테이크를 한 조각만 먹었었지

지금도 그때 그녀에게 건네었던

그 말 한마디를 뚜렷하게 기억한다

저기요 랜덤으로 주세요

돌려차기*

경상도에서 평양냉면을 찾으면 밀면**을 포기하고
식비를 갑절로 계산하겠다는 중대한 결심을 하고 온 것을
뻔히 알면서도 둥지에 냉면을 담아온 그대여
큼지막하게 '전통식 평양냉면 개시'라고 광고문구를 붙여놓고는
뻔뻔스럽고 낯짝 두껍게 둥지에 냉면을 담아온 그대여

하지만 나를 더욱 분노케 한 것은
그대의 그 더러운 혓바닥이었노라
내가 아연실색하며 '이게 평양냉면인가요?' 하고 물어보았을 때
그대는 부끄러운 줄도 모르고 이렇게 대답했었지
'네. 당연히 그렇지요.'
'물냉면은 평양냉면이고 비빔냉면은 함흥냉면이지요.'
어디서 건방지게 고마확마쎄리마칵마
확 그냥 함흥차사를 만들어뿔라칵마
받아라 돌려차기

만약에 돈을 더 내고 함흥냉면을 시켰으면
팔도를 점령하는 그 비빔면을
전통식 함흥냉면이라고 내놓았겠구나
반성은커녕 그 더러운 세 치 혀를 간사하게 놀리며

양심을 저버린 그대

요식업 전체의 명예를 실추시켰고 평양냉면의 권위를

너무나 당당하게 땅바닥에 내던져버린 그대

부위는 내가 알 바 아니다

받아라 돌려차기

그럴 줄 알았으면 물밀면을 곱빼기로 먹고

남는 돈으로 비빔밀면 보통을 한 그릇 더 시켜 먹는 건데

돈이 아까워 죽겠다

오늘 밤에는 분하고 원통해서 잠을 자지 못하겠구나

받아라 돌려차기

혹시 앞으로도 다른 손님들에게 그따위로 장사할 거면

에라이 당신 아내는 젊은 남자와 바람이나 나버려라

이게 인간적으로 너무 지나친 언사라고 한다면

오냐 내 다시 생각하마

받아라 돌려차기

*위의 시는 JTBC 뉴스룸이 2020년 11월 16일에 술에 취한 채 27cm 흉기를 들고
난동을 부리며 시민들을 경악하게 만든 난봉꾼을 한 경찰관이 돌려차기로 제

압하는 장면을 내보내며 보도한 뉴스를 보고 깊은 감동을 받은 후 악을 행하는 사람은 후에 반드시 그에 상응하는 응당한 대가를 치르게 된다는 사실을 확인하면서 희열을 느끼며 복수심에 불타올라 쓴 시이다.

**밀면은 부산지역 및 경상남도 지방의 대표적인 향토 음식이며 평양냉면의 가격보다 현저히 저렴한 가격으로 손쉽게 먹을 수 있으므로 부산과 경상남도에서는 시민들이 오히려 평양냉면보다 더 많이 찾는 면 요리이다. 서울 및 수도권에 거주하는 사람들이 부산이나 경상남도를 여행하게 되면 돼지국밥과 함께 반드시 한 번 도전하게 되는 요리이기도 하다. 처음으로 밀면의 비주얼과 맛을 접하게 되면 상상을 초월할 정도의 강한 컬처 쇼크를 경험하게 되는데 취향에 따라서 호불호가 극명하게 갈린다. 반대로 부산 및 경상남도에 거주하는 시민들이 태어나서 처음으로 제대로 된 평양냉면을 접하게 되면 밀면을 처음으로 접하는 사람들이 겪는 컬처 쇼크를 역으로 고스란히 경험하게 된다. 밀면에 비하면 현저히 적은 양, 싱겁고 밍밍한 국물 맛에 더러는 허탈감을 토로하기도 하며 심할 경우 밀면과의 가격을 언급하면서 삿대질을 하며 욕을 하기도 한다.

아버지의 마음*

—이 세상 모든 아버지의 마음을 기리는 헌시

애지중지 키워놨더니

내 딸을 달라고 그놈이 인사하러 왔다

뻔뻔한 놈 같으니라고 못된 노무 자식

이 기생오라비같이 생긴 놈이 뭐가 좋다고

혹시나 해서 아내의 얼굴을 봤는데

〈타짜〉의 명대사가 떠올랐다

눈은 손보다 빠르다 싸늘하다

이런 젠장 마음에 들었나보다

괘씸해서 곱게 못 주겠다

집사람이 계속 헛기침을 하며 눈치를 줘서

내키지 않지만 인사치레로 한마디를 건네본다

그래 내 딸을 얼마나 사랑하는가?

제 목숨을 바쳐도 아깝지 않을 정도로 사랑합니다

입만 살아서 잘도 씨불이는구나 넌 딱 걸렸어

그래? 목숨을 바쳐도 아깝지 않다고?

네 아버님

자네의 마음이 진심인지 아닌지 확인해 봐도 되겠나?

네 아버님

나는 생각한다 고로 존재한다

그러면 일단 인터넷으로 경기일정을 확인하고

롯데와 붙는 팀의 유니폼을 구하게

그리고 부산의 사직구장으로 가서

자네가 구한 그 유니폼을 입고 롯데 관중석으로 가게나

그런 다음 롯데 관중석에서

상대 팀의 이름을 목청껏 외치며

내 딸을 사랑하는 만큼 상대 팀을 열렬히 응원하면 되네

얼굴이 새파랗게 질린 기생오라비가 '네?' 하고 되묻는다

왜? 갑자기 목숨이 아까워지나?

아니면 러시아에 가서 축구경기를 한 게임 보고 오든지

물어라 물어라 제발 물어라

그러면 러시아에 가서 축구를 한 게임 보고 오겠습니다

이 새끼 물었다 에헤야 디야 걸렸구나

집사람이 등 짝 스매싱을 날릴 기세로 나를 노려본다

눈은 손보다 빠르다 싸늘하다

나는 목소리를 가다듬고 근엄하게 다시 말을 이어본다

음 그러면 러시아에 다녀오게나

이왕이면 수도인 모스크바에 가는 것을 추천하겠네

그냥 경기를 진 팀의 관중석에서 날아오는 플라스틱을
몸에 몇 조각 맞기만 하면 된다네
네 아버님 그러면 전 러시아에 다녀오도록 하겠습니다
에헤야 디야 요놈 걸렸구나
그런데 아버님 러시아에서는 축구장에서
어떤 플라스틱이 날아옵니까?
생수통이나 개인 물통입니까?
아 자네는 모를 수도 있겠군
불곰국에서는 축구경기에서
진 팀의 관중들이 관중석의 의자를 뜯어서
사람들을 향해서 마구 집어 던진다네
특히 축구장에서는 사람들이 맨손으로
미쳐 날뛰는 불곰을 때려잡는다는 전설이 널리 퍼져 있지

나는 생각한다 고로 존재한다
고국에서 야구를 보든지 타국에서 축구를 보든지
어차피 넌 한 줌의 재 한 줌의 가루로 거듭나게 되어 있어
애지중지 키워놨더니 뭐? 내 딸을 달라고?
기생오라비같이 생긴 놈 못된 노무 자식
어디서 건방지게 고마확마쎄리마칵마

확 그냥 니킥을 날리뿔라칵마

초점을 잃은 눈빛으로 애처롭게 나를 바라보며
떨리는 목소리로 자칭 미래의 사위라는 놈이 말한다
아버님 제가 만약 목숨을 잃는다면
결혼은 어떻게 되는 겁니까?
나는 생각한다 고로 존재한다
자네 생긴 것과는 달리 머리 회전은 조금 느리군
그러니까 내 말은
음
음
음
그냥 죽어

*이 작품은 30대 저자가 50대에서 60대에 이르는 중년 남성의 심리를 날카롭게
시에 투영시킨 것으로 특히 애지중지 키워놓은 딸과 결혼하고 싶다며 찾아오는
얼간이를 처음 만났을 때 이 세상의 모든 아버지가 느끼는 허탈감과 분노, 그리
고 인생의 무상함을 언어로 승화시킨 작품이다.

아이스 아메리카노

나는 커피를 즐기는 부류의 사람이 아니다
담배를 끊기 전에는 누군가 내게 커피 한잔하자고 하면
카페인보다는 니코틴을 더 원한다고 자주 말했었지
특별한 경우가 아니면 커피를 마시지 않는 나
내 인생에서 커피는 그다지 큰 비중을 차지하지
않고 있으며 앞으로도 그러하겠지
커피보다는 소주
이것이 나의 인생철학

만약에 1년 내내 커피를 마시지 말라는 행정명령이
떨어진다 해도 내 인생에는 큰 지장이 없으리라
뷔페에 가서 포식한 뒤에
아주 가끔 커피를 마시기도 하지만
그 일이 있고 난 이후에는 뷔페에서 나오기 전
테이크아웃을 할 때마다 그때의 악몽이 떠올라
커피보다는 아이스티나 탄산음료를 더 찾는 나

아이스 아메리카노
발음하기 참 힘든 단어
실전에서 사용하게 될 때는

자주 참사를 불러일으키는 단어
아스 아메리카노 아이스 아메카노
아이스 아메리노 심지어 아이스 아메리카
나름 러시아어를 구사할 수 있는 사람인데
왜 아이스 아메리카노
이 단순한 단어를 제대로 발음하지 못하는 것일까?

나는 지금도 뷔페에서 일어났던 그때의 대참사를
생생하게 기억하고 있지
아이스 아메리카노를 주문하는 과정에서 너무나
많은 전설을 만들었고
부끄러운 실수를 자주 남발했기에 당시의 나에게는
주문방식에 있어서 발상의 전환이 필요했었지
당시 나의 머릿속에 떠올랐던 생각들
꼭 영어로만 말해야 할 필요가 있나?
순우리말로도 내 의지를 관철할 수 있지 않을까?
한국말을 조리 있게 잘 활용하면 왠지 담당 직원을
쉽게 이해시킬 수도 있을 것 같은데?

이런 생각들이 대참사를 불러올 시발점이었다는 것을

그때 미리 알았다면

그런 치욕을 피했을 수도 있었는데

당시 내가 손가락 하나를 들어 보이며 한국말로 자신 있게

아이스 아메리카노 한 잔을 주문하는 순간

지친 기색으로 주문을 받았던 그녀

아르바이트를 하는 여대생으로 보였던 그녀

왜소한 체구와 가냘픈 목소리의 소유자였던 그녀에게서

그런 엄청난 크기의 웃음소리가 나올 것이라고는

상상조차 할 수 없었지

으하하하하하 아하하하하하

흡사 차르 붐바의 폭발음을 연상시켰던

엄청난 크기의 그 웃음소리

그리고 대참사를 불러일으켰던 나의 말 한마디

저기요 미국식 냉커피 하나요

코미디

나의 자아가 완전하게 형성되기 전에 일어났던 그때 그 사건
차마 말로 표현할 수 없을 만큼 참혹했던 그 순간들이
나의 머릿속에서 주마등처럼 스쳐 지나간다
여름은 언제나 덥지만 내게는 유난히도 더웠던 그해 여름
컴퓨터로 게임을 하다가 모니터에 뜬 문구를 보고
사태가 심상치 않음을 직감하고 떨리는 목소리로
'행님아 큰일 났다! 컴퓨터가 바이러스에 걸린 것 같다!' 하고
고함을 지르며 형에게 도움의 손길을 구했던 나
그리고 내가 엄청난 사고를 친 것이라고 확신하며
사태를 진정시키기 위해서 빛의 속도로 나의 방으로
뛰어왔던 형과 영혼이 빠져나간 것처럼
창백했던 그때 형의 얼굴

무슨 일이고 니 컴퓨터로 뭐 봤어
아니다 행님아 맹세하고 뭐 이상한 것은 본 적이 없다
그런데 뭐가 문제야
게임을 하는데 계속 이런 문구가 뜬다
이게 뭐
컴퓨터가 내보고 장미라는데
뭐?

55

이거 봐봐 내보고 장미라고 하잖아 몇 번이나 이랬다

임마 이거 진지하게 말하는 것 같은데

뭐가

장미 영어 철자 말해 봐

Lose

다시 말해 봐

엘 오 에스 이

마지막으로 기회를 주겠다 다시 말해 봐

아 미안하다

오늘 날씨가 너무 더워서 내가 제정신이 아닌 것 같다

Loze

뭐라고?

엘 오 제트 이

임마 이거 완전 또라이네

자신이 생각했던 것보다 사태가 훨씬 더 심각함을 깨닫고

나와 진지한 대화를 나누어봐야겠다며 방문을 잠그면서

속삭이듯이 형은 나에게 물었었지

니 시험 치면 영어 보통 몇 점 받노

60점은 받는다

엄마한테 간다

50점 정도 받는다

진짜 간다

40점대는 받는다

장미 영어 철자도 모르는데 니가 어떻게 40점대를 받아

니를 위해서 내가 물어보는 거다 솔직히 말해라

알았다 진짜 솔직하게 말할게 30점대에서 왔다 갔다 한다

내 눈 똑바로 보고 이야기해 봐

좋다 솔직히 말할게 20점대다

남자 대 남자로 솔직하게 말해 봐

행님아 나도 인간이다 아무리 그래도 10점대는 아니다

그래 니도 인간인데 10점대를 받겠나

그날 형은 대화를 마무리하며 이렇게 말했었지

오늘 일은 우리끼리만 알자

아빠한테 말하면 너는 집에서 쫓겨나고

엄마한테 말하면 니 맞아 죽는다

알았다 행님아 그런데 장미 영어 철자는 정확하게 뭔데

잘 들어라 Rose

뭐? 알 오 에스 이?

장미는 로즈인데 왜 뒤에 에스 이가 붙노? ze 아니가?
내가 살다 살다 니 같은 또라이는 처음 본다 그만하자

비열한 웃음을 지으며 방문을 닫고
곧바로 부모님께 달려갔던 형과
집에서 쫓겨나지도 맞아죽지도 않았던 나
적막감 대신 웃음꽃이 만발하였던 그날의 저녁 식탁
지금도 전설처럼 전해져 내려오는 그때의 그 사건
그때로 돌아갈 수 있다면
나는 제일 먼저 당시에 다니던 학원에서
영어를 가르쳤던 선생님을 찾아가서
말해주고 싶은 것이 있다
선생님이 너무 예뻐서 공부에 집중을 할 수가 없었어요

더러운 이야기

어머니의 사랑은 한량이 없는 사랑
그리고 결코 마르지 않는 사랑
그 사랑은 음식을 만드실 때도 고스란히 드러나지
결코 냄비에 국이나 찌개를 끓이시지 않는 어머니
국과 찌개는 무조건 커다란 찜통에 끓이시는 어머니
혹여나 자식이 굶어 죽지는 않을까 걱정하시며
노심초사하시는 어머니의 그 애틋한 마음이 찜통에
고스란히 담기면 나는 그저 마음으로 울 뿐이지

국이나 찌개에 건더기가 너무 없다고 말씀드리면
부족함 없이 풍성하게 건더기를 찜통 안에 넣으시는
어머니의 마르지 않는 그 사랑
국이나 찌개에 국물이 너무 없다고 말씀드리면
부족함 없이 풍성하게 육수를 우려내어
찜통 안에 넣으시는 어머니의 마르지 않는 그 사랑

삼 일 동안 하루 세 끼를 계속해서
된장찌개를 먹게 되는 상황이 오면
나는 조심스럽게 어머니께 말씀을 드리지
엄마 된장찌개가 더 이상 된장찌개로 보이지 않아요

된장찌개가 뭘로 보이는데
그것을 말하면 도저히 식사를 못할 것 같아요

삼 일 동안 하루 세 끼를 계속해서
김치찌개를 먹게 되는 상황이 오면
나는 조심스럽게 어머니께 말씀을 드리지
엄마 김치찌개가 더 이상 김치찌개로 보이지 않아요
김치찌개가 뭘로 보이는데
그것을 말하면 도저히 식사를 못할 것 같아요
참 답답하네 김치찌개가 뭘로 보이는데
사람들이 보통 무엇을 싸도록 맞아볼래? 하고 말하는데
나한테는 김치찌개가 그 무엇으로 보여요
피똥?
엄마 지금은 도저히 식사를 못하겠어요

삼 일 동안 하루 세 끼를 계속해서
카레라이스를 먹게 되는 상황이 오면
나는 조심스럽게 어머니께 말씀을 드리지
엄마 카레라이스가 더 이상 카레라이스로 보이지 않아요
왜 똥으로 보이나

엄마 죄송한데 지금은 도저히 식사를 못하겠어요

삼 일 동안 하루 세 끼를 계속해서
붉은 스파게티를 먹게 되는 상황이 오면
나는 조심스럽게 어머니께 말씀을 드리지
엄마 스파게티가 더 이상 스파게티로 보이지 않아요
왜 스파게티가 피똥으로 보이나
엄마 정말 죄송한데 지금은 도저히 식사를 못하겠어요

삼 일 동안 하루 세끼를 계속해서
미역국을 먹게 되는 상황이 오면
나는 조심스럽게 어머니께 말씀을 드리지
엄마 미역국이 더 이상 미역국으로 보이지 않아요
이번에는 또 뭘로 보이는데 니가 하도 뭐라고 해서
이번에는 색깔에도 신경을 썼는데 니도 참 별나다
이 노무 자식이 배가 불러 가지고 캄마
이번에는 뭘로 보이는데 한번 들어나보자
미역국에 든 미역이 개구리 껍질로 보여요
니 쫌 맞자
찰싹 찰싹 찰싹

나이스샷 우리 엄마

입맛이 까다로울 때 또는 등교를 해야 하는데
늦잠을 자고 싶을 때 그리고 자식의 철따구니가
없어도 너무 없게 느껴질 때는 전 세계 어디서나
복용할 수 있으면서도 별도의 처방전이 필요 없는
산지 직송 효과 만점의 만병통치약인
엄마표 등 짝 스매싱을 추천합니다
아 마르지 않는 어머니의 사랑
그 사랑의 한량없음에 오늘도 불효자는 웁니다
주룩주룩 주르륵

이상형 월드컵

안나경 VS 김태희

김태희 씨가 결혼하지 않았어도 안나경 앵커 클릭

안나경 VS 손예진

손예진 씨가 결혼하지 않았어도 안나경 앵커 클릭

안나경 VS 한지민

한지민 씨가 〈빠담빠담〉을 찍던 시기로 돌아가도

안나경 앵커 클릭

안나경 VS 조수애

조수애 씨가 결혼하지 않았어도 안나경 앵커 클릭

안나경 VS 강지영

강지영? 강지영이라…

일단 안나경 앵커 클릭

나의 머릿속에서 잠시 번뜩였던 섬광

최근 강지제로의 유사품이 기승을 부리며

시장 질서를 어지럽히고 있으니

고객님들의 각별한 주의를 당부드립니다

강지제로 유사품 팡이제로

나의 광기의 끝은 과연 어디인가

어디까지 가야만 나의 광기가 끝에 다다를 수 있단 말인가

잠시 마음을 가다듬고 다시 이상형 월드컵 시작

안나경 VS 손석희

뭐야? 컴퓨터가 왜 이렇지? 기계도 더위를 타나?

흠 그래도 손석희 앵커님이 워낙 사회 공헌도가 높으셨으니까

이까짓 것 그냥 웃어넘길 수도 있지 뭐

안나경 앵커 클릭

안나경 VS 오대영

뭐지 이 불길한 느낌은?

컴퓨터가 혹시 바이러스에 걸렸나?

오대영 앵커님 팩트체크 하신다고 고생 많이 하셨으니까

그냥 넘어가지 뭐

안나경 앵커 클릭

안나경 VS 박성태

망치가 어디에 있지? 망치를 어디에 넣어두었더라?

망치를 찾은 후 왼손에 망치를 들고

다시 이상형 월드컵 시작

안나경 VS 수애

안나경 앵커 클릭

기계도 겁이라는 것을 아는군 푸흡

안나경 VS 수지

안나경 앵커 클릭

이제 제대로 작동을 하는군 이 자식 겁먹었어 킄킄큭

이제 마지막이군 정말 길고 긴 여정이었다

나와라 마지막 대진표

안나경 VS 장성규

쾅

쾅

팍

팍

퍽

퍽

뭐? 장성규? 넌 내게 모욕감을 줬어

아직 한 방 남았다

그때 그 뉴스가 생각이 나는구나

받아라 돌려차기

3부 엑스터시

—술 취한 상태에서 기록한 것들

고찰 1

　소주 반 병은 약 소주 반 병에 막걸리 한 병은 보약 빈속에 마시는 소주 한 병과 막걸리 한 병은 마약 소주 한 병과 막걸리 한 병 그리고 빈속 이렇게 독특한 조합이 또 있을까? 빈속에 소주 두 병만 마실 때와 빈속에 막걸리 두 병만 마실 때와는 전혀 다른 강렬한 엑스터시를 느낄 수 있는 독특한 조합 스크랴빈의 음악처럼 아주 조심해서 접근해야 하는 조합 왜? 이 조합은 마약이니까 그리고 나는 지금 마약과도 같은 위험한 조합으로 음주를 즐기고 있다

　머리가 핑핑 돈다 긴장이 풀려서인지는 모르겠지만 약간 나른한 느낌이 들고 오른손의 두 번째 손가락이 두 개로 보인다 하지만 이런 사실들은 아무런 문젯거리가 되지 않는다 지금 나에게 문젯거리가 되는 것은 술기운 때문에 나 자신이 원하지 않는 방식으로 내가 존재할 가능성이 있다는 것이다 누군가와 쓸데없는 잡담을 늘어놓으면서 안주를 뒤적이며 시시덕거리는 그런 개돼지로는 단 한순간도 존재하고 싶지 않다 그런 개돼지의 모습은 생각만 해도 구역질이 난다

　내가 성경 구절처럼 외우고 다니는 문장 하나가 나의 머릿속으로 들어온다 사르트르의 『구토』 날짜가 없는 페이지에서 그가

쓴 불멸의 문장 나도 그의 의견에 전적으로 동의한다 물론 그 이유에 대해서는 사르트르와 생각이 다를 수 있겠지만 중요한 것은 어떤 순간의 일들을 그때그때 기록하는 것이다 그렇게 해야만 온전한 자신의 모습과 대면할 수 있기 때문이다 그런 이유에서 나는 지금 글을 쓰고 있다

술을 다 마시고 한숨 자고 나면 내가 집중해서 읽었던 책의 내용이나 마지막으로 읽었던 페이지가 기억나지 않을 때가 있다 쉽게 말해서 나는 존재했던 동시에 의식을 잃은 상태였던 것이다 하지만 그렇다고 해서 내가 술을 마시는 동안 존재하지 않았다고 말할 수 있을까? 결코 아니다 전도 필요 없고 두부도 필요 없고 김치도 필요 없다 가장 좋은 안주는 무엇인가에 대한 진지한 고찰이다 맨정신으로든 술에 얼큰하게 취한 상태로든 나는 어떤 상황에서도 진지한 인간으로 존재하고 싶다 실없는 것은 질색이다 그런 방식으로 존재하는 것은 생각만 해도 끔찍하다

오늘의 안주를 정했다 그것은 바로 정추 선생에 대한 고찰 물론 한숨 자고 일어나면 그에 대한 기록에서 온갖 엉성한 문장과 맞춤법 오류와 오탈자가 발견되겠지만 그런 것들을 두려워해서는 안 된다 내가 두려워해야 할 것은 몸이 나른하고 힘이 없다

는 이유로 정추 선생에 대한 고찰과 기록을 하지 않는 것이고 지
금 이 순간 내가 원하는 방식으로 존재하지 않는 것이다

고찰 2
─옆 페이지에 이어서

술에 취해 있는 동안 정추 선생에 대하여 기록했던 것들을 처음부터 끝까지 쭉 훑어봤다 나의 예상이 틀리지 않았다 온갖 영성한 문장과 맞춤법 오류 그리고 셀 수 없이 많은 오탈자 심지어 아무리 생각해도 기록한 기억이 없는데 빼곡하게 페이지를 차지하고 있는 글 뭉치들 지금 이 순간 나의 머릿속으로 들어온 두 가지 생각 첫 번째 그 순간에 나는 내가 원했던 방식으로 존재했다 두 번째 모든 초고는 쓰레기다

음악계의 김원봉

−남과 북 모두에게 버림받은 비운의 작곡가 정추

일제강점기의 대표적인 독립운동가였으며 영화 〈밀정〉을 통하여 다시 한번 재조명의 대상이 되었던 약산 김원봉 선생의 서훈 여부를 놓고 현재도 논란이 거세다. 정치적 진영 논리에 따라서 그에 대한 평가가 극명하게 엇갈리는데 이는 대한민국이 북한의 남침으로 인한 6.25전쟁을 겪었고 아직도 휴전 중인 분단국가인 점을 상기해본다면 그리 부자연스러운 일은 아니다. 자발적으로 월북을 하여 북한에서 최고위직을 두루 거쳤기 때문에 반공을 국시로 삼았던 시기의 남한에서는 그에 대한 재평가를 논한다는 것 자체가 사실상 불가능했으며 북한에서의 그는 김일성 정권하에서 숙청된 만큼 더 이상 민족의 영웅이었던 독립운동가 김원봉이 아니라 그저 반동주의자이자 종파주의자일 뿐이었다. 그와 비슷한 기구한 삶을 살았던 작곡가가 있다. 정추(1923~2013) 선생이 바로 그 주인공인데 그는 남한에서 태어났지만 사회주의 혁명을 꿈꾸며 자진해서 월북했고 6.25 전쟁 때는 인민군으로 참전했던 이력이 있다. 북한 당국의 승인 아래 소련으로 유학을 떠났던 그는 학창 시절 김일성 독재체제에 환멸을 느낀 나머지 김일성 비판을 서슴지 않았고 이로 인한 북한 당국의 송환요청을 간신히 피해 카자흐스탄에 정착하여 평생을 고국을 그리워하며 살다가 삶을 마감했다.

양악을 전공한 북한의 음악가들도 어쨌든 체제선전과 홍보를 위한 음악 활동을 해야 했으며 당연히 연주 레퍼토리에도 많은 제약이 따를 수밖에 없었다. 그리고 워낙 폐쇄적인 정치적 환경 속에서 활동해야만 했기 때문에 공산권 국가와의 친선교류를 위한 연주회 외에는 외국에서의 독자적인 연주 활동이 사실상 어려웠고 이 점은 비교적 명성을 떨친 음악가들에게도 예외가 아니었다. 그런 제약이 있었음에도 몇몇 음악가들은 남한을 비롯한 제3국에도 직간접적으로 이름이 알려져 있다. 대표적인 인물들로 소련의 바이올린 거장 다비드 오이스트라흐를 탄복시켰던 바이올리니스트 백고산 선생, 북한 국립 교향악단을 이끌었으며 작곡가 윤이상 선생의 작품해석에 탁월했던 지휘자 김병화, 헤르베르트 폰 카라얀 국제 지휘 콩쿠르에 입상하여 큰 화제를 모았던 지휘자 김일진 등을 들 수 있다.

자진 월북 이후 북한에 체류하는 동안은 이렇다 하게 내세울 만한 업적을 남기지 못했고 현재로서는 모스크바로 유학을 떠나기 이전에 평양 음악대학에서 재직을 하였다는 사실 외에는 북한에서의 그의 행적을 사실상 알 수 없기 때문에 정추 선생을 북한의 음악가로 분류하기에는 다소 무리가 있다. 하지만 한국 동란 시기에 인민군으로 참전한 이후 당국의 승인 아래 소련으로 유학을 떠났던 인물인 만큼 정추 선생을 북한의 음악가로 분류할 수는 없다 하더라도 그는 명백한 북한의 공민이었다.

소련으로 유학을 떠난 그는 모스크바 국립 음악원에서 작곡가 아나톨리 알렉산드로프와 공부하게 된다. 아나톨리 알렉산드로프는 차이콥스키의 제자이자 러시아의 브람스로 불리던 타네예프에게 사사 받았던 인물이었다. 타네예프는 폴리포니에 입각한 음악을 작곡하였으며 그의 제자인 아나톨리 알렉산드로프 역시 그 당시의 시류였던 새로운 음악의 가능성과 기능성에 호기심을 가져서 다방면으로 실험을 하기보다는 철저하게 아카데미즘에 입각한 음악을 작곡했던 인물이었다. 현실적으로 작곡가 정추 선생의 음악을 거의 접할 수 없고 제대로 연구조차 할 수 없는 현시점에서 타네예프와 아나톨리 알렉산드로프의 작곡 성향과 그들의 작품들은 정추 선생의 음악이 어떤 기조와 스타일로 작곡되었는지를 추측하는데 좋은 단서가 된다. 여러 정황상 그 역시 대담하게 실험을 하기보다는 음악의 틀을 유지하며 조성에 입각한 음악을 작곡하였을 가능성이 다분히 높다. 하루빨리 그의 음악들을 어렵지 않게 접할 수 있는 환경이 조성되어서 작곡가로서의 그를 제대로 재조명할 수 있는 날이 오기를 간절히 바란다.

1956년에 소련과 북한에서는 미묘한 정치적 기류가 흐르게 된다. 그 시발점은 스탈린이 사망한 지 3년째가 가까운 시점에 열린 제20차 공산당 대회에서 니키타 흐루쇼프가 신과 같았던 스탈린을 공개비판 하면서부터 시작되었다. 당시 흐루쇼프는 스탈린이 저질렀던 만행들을 열거하면서 스탈린에 대한 개인숭배를 격렬하게 비판했는데 이 기류는 북한에도 흘러 들어가게 되었고 급기야 최창익, 박창옥 등 연안파와 소련파가 해외 순방 중인 김일성을 공개적으로 비판하며 그를 실각시키기 위한 행동을 전개하기에 이르렀다. 이에 놀란 김일성은 급거 귀국하여 자신의 권력에 위험요소가 될 수 있는 인물들을 모조리 숙청했는데 이것이 그 유명한 8월 종파 사건이다. 이후 반김일성 세력은 북한에서 완전히 축출되었고 북한은 완전무결한 김일성 일인 독재체제로 들어서게 된다.

8월 종파 사건이 일어난 지 1년 후인 1957년에 모스크바에서 북한 당국을 경악하게 만든 사건이 일어났다. 자신이 꿈꿨던 사회주의 이상과는 너무나도 동떨어진 북한의 모습에 괴리감을 느끼던 청년 정추는 북한 유학생들의 학생회에서 김일성 우상화를 반대하며 분노를 담아 거리낌 없이 김일성을 비판했던 것이다. 이 사건의 여파는 아주 커서 몇몇 북한 유학생들은 북한으로 유인되어 사상검열 후 불온하다고 판단된 사람들은 여지없이 숙청되었다고 훗날 정추 선생은 회고했다. 김일성 비판 이후 정추 선생은 북한 당국의 납치가 염려되어 숨어다니면서 학교를 다녔다고 한다. 사실 마음만 먹으면 북한 당국은 그를 납치해서 본국에 송환할 수 있었겠지만, 그 당시는 소련과 북한의 관계가 좋지 않았기 때문에 북한 당국이 독단적으로 움직일 수 없는 상황이었다. 8월 종파 사건 이후 소련파에 속한 인물들은 대부분 숙청이 되었고 이로 인해 소련 당국은 심기가 매우 상해 있던 상태였는데 다행히 이러한 배경 덕분에 정추 선생은 북한으로의 송환을 피할 수 있었다.

북한 국적을 가지고 있었던 정추 선생이 본국으로의 송환이라는 화를 면했던 것에는 여러 가지 복합적인 요소가 작용했던 것으로 보인다. 첫째로 그가 아직 음악원의 학생 신분이었고 당시 음악원의 작곡과에 재직했던 인물들은 거의 모두가 소련 작곡가 동맹에 가입된 상태였기 때문에 자신이 송환될 경우 어떻게 될지 누구보다 잘 알고 있었던 그는 자신의 선생과 선생의 동료들을 통해서 도움을 요청했을 가능성이 크다. 둘째로 8월 종파 사건 때 숙청 대상이었지만 소련 국적을 가지고 있었기 때문에 숙청의 칼날을 피해서 소련으로 돌아올 수 있었던 인물들의 직간

접적인 도움을 받았을 가능성도 있는데 실제로 정추 선생은 그들과 접촉을 했다고 한다. 셋째로는 당시 소련 음악계에 막강한 영향력을 행사했던 작곡가 동맹 총서기장 흐렌니코프와 정추 선생과의 관계이다. 솔로몬 볼코프의 『증언』에서 굉장히 악랄하게 묘사되었고 여러 작곡가들의 탄압에 앞장섰다고 알려진 흐렌니코프에 대한 음악가들의 평가는 엇갈린다. 작곡가 로디온 셰드린은 한 인터뷰에서 흐렌니코프는 자신과 친분이 없는 작곡가가 자신에게 도움을 요청해도 외면하지 않고 도움을 주었다고 증언했는데 실제로 흐렌니코프는 정추 선생에게 많은 도움을 주었던 인물이었다. 그는 음악원을 졸업한 후 카자흐스탄에 정착할 정추 선생이 고려인들의 민요를 채집하기 위해서 출장비를 요청했을 때 작업에 필요한 장비를 지원했고 카자흐스탄에 있는 정추 선생에게 작곡 작업에 필요한 피아노를 보내주었으며 1980년대 후반 한국에서 해외동포 모임이 있었을 때 소련 대표 자격으로 서울을 방문하게 된 정추 선생이 소련과 한국 사이의 문화교류를 위하여 도움이 될 수 있는 내용이 들어 있는 편지를 써달라고 요청했을 때 흔쾌히 친서를 써주었다. 후에 음악가로서의 흐렌니코프를 객관적으로 평가해야 할 때 반드시 반영되어야 하는 대목이다. 어쨌든 김일성 비판 이후 정추 선생이 자신이 처해 있는 상황을 호소하며 소련 당국에 탄원서를 올렸을 때 다행히 본국으로의 송환을 피할 수 있었던 배경에는 위에서 언급한 요소들이 복합적으로 작용했을 가능성을 전혀 배제할 수 없다. 북한 당국의 공민 송환요청을 개개인의 힘으로 피하기에는 현실적인 한계가 있기 때문이다.

　모스크바 국립 음악원을 뛰어난 성적으로 졸업한 청년 정추를 기다리고 있던 것은 평생 동안 계속될 카자흐스탄에서의 이방인 생활이었고 그곳에서의 생활은 그가 타계할 때까지 계속되었다. 하지만 그는 좌절하지 않았다. 특히 그가 정착하게 된 카자흐스탄이나 우즈베키스탄에는 스탈린의 지시에 의하여 강제이주 된 고려인들이 많았는데 그는 직접 그들과 부딪히며 민요를 채집하였다. 그리고 그들이 겪어야만 했던 참상을 고발하는 의미에서 〈1937년 9월 11일 17시 40분 스탈린〉을 작곡하였다. 이 작품의 제목은 스탈린이 고려인들의 강제이주 명령서에 서명했던 시간을 뜻하고 있다. 이후 그는 긴 세월 동안 카자흐스탄에서 무국적자로 살아가다가 17년이 지나서야 소련의 공민으로 등록되었고 소련 붕괴 이후에는 카자흐스탄 국적으로 살아가게 되었다.

　말년에는 북한에서 버림받은 후 각지에서 유배 생활을 했던 이들과 함께 구국 전선을 조직하여 북한 정권의 실상을 고발하기 위해 격렬한 활동을 하기도 했던 정추 선생은 2013년에 별세했다. 그의 삶은 한반도의 비극적인 근현대사와 궤적을 함께 하고 있다. 소련에서 함께 유학 생활을 했던 작곡가 김원균은 북한으로 돌아간 후 융숭한 대접을 받았다. 평양 음악대학은 그의 이름을 따서 김원균 평양 음악대학으로 명칭이 바뀌었고 북한 당국은 그가 작곡한 음악을 북한의 국가로 채택하였다. 한편 분단의 또 다른 희생양이었던 윤이상 선생은 아직도 일부 사람들이 부정적인 시선으로 바라보고 있는 것이 사실이지만 그래도 사실상의 명예회복이 되어서 오랫동안 타지에 묻혀 있던 고인의 유골을 선생이 그토록 그리워하던 고향에 이장하였고 남한에서도 그의 음악을 자유롭게 연주하고 들을 수 있게 되었다. 하지만 정추 선생의 음악은 남한과 북한 그 어디에서도 울리지 않고 있다. 그가 졸업시험을 위하여 제출한 작품이자 특히 아람 하차투리안이 높이 평가했던 작품인 〈조국〉이 언제 그의 조국에서 울리게 될지는 아직도 미지수이다. 단지 남한에서는 EBS에서 〈다큐프라임—미행, 망명자 정추〉라는 다큐멘터리를 하나 제작했으며 『북한이 버린 천재 음악가 정추』라는 책 한 권이 출판되었을 뿐이다. 그리고 그는 여전히 머나먼 타지에서 조국과 고향을 그리워하며 묻혀 있다.

SY에게
―참회록 1

2015년 가을 피아니스트 조성진 씨의 역사적인 쇼팽 국제 콩쿠르 우승 관련 뉴스 기사의 한 대목을 읽다가 나는 너를 생각했었다 조성진 씨는 현재 파리에서 미셸 베로프를 사사하고 있으며 라는 구절이 눈에 들어왔을 때 나의 입 주위에는 쓰디쓴 미소가 번져나갔고 너와 내가 미셸 베로프의 연주회에 함께 갔던 날을 우리가 마지막으로 만났던 그날을 피아노 앞에 앉아 회상했었지 여름방학을 맞이하여 한국에 들어와서 연락을 하면 굉장히 반갑게 나를 대해줬던 너 그럴 때마다 우리는 서로 공부하고 있는 작품을 물어보고 학교 이야기와 친구들의 이야기를 주고받았지

나는 아직도 유학을 간 후 처음으로 맞이했던 여름방학 때 니가 밥을 사준다고 고기 뷔페에 나를 데려갔던 날을 생각할 때마다 웃음이 나와 이름은 기억나지 않지만 그때 함께 데려왔던 친구와 함께 셋이서 식사를 마치고 다방에 들어가서 해가 질 때까지 활기차게 음악 이야기를 나누었는데 그때 우리의 이야기를 들으시던 다방 주인아주머니께서 나를 갸우뚱하게 쳐다보시면서 웃으셨던 모습이 지금도 눈에 선해

미셸 베로프의 연주회에 함께 참석했던 그날 너와 지하철역

에서 헤어지고 집으로 올 때 같이 학원을 다녔던 친구와 전화를 하다가 그날 부산대학교 근처에서 내가 너에게 저지른 실수가 얼마나 엄청난 것이었는지를 알고 나서 부랴부랴 너에게 전화를 걸었지만 때는 이미 너무 늦어버렸지 다음 날과 러시아로 출국하는 날에도 전화를 받지 않았던 너 그리고 제대로 된 사과를 하지 못한 채 찝찝한 마음으로 출국을 했던 나 비행기 좌석에 앉자마자 창문을 바라보며 길게 한숨을 쉬었던 그때의 나

나로 인해서 니가 받았을 실망감과 상처를 생각하면 가슴이 먹먹해져 미셸 베로프의 연주회 당일 우리는 부산대 근처에서 만나서 음반 가게와 서점을 왔다 갔다 하며 한참 동안 그 근방을 배회했었지 연주회 시간까지 시간이 너무 남아서 시간을 때울 생각을 하다가 DVD 영화 상영관에 붙어 있는 고전 영화 포스터를 보고 무심코 너에게 영화나 한 편 보고 갈까 하고 말했는데 당황스러운 표정으로 거절을 하며 어쩔 줄 몰라 하던 너의 모습을 보면서도 그때는 그것이 그렇게 큰 실수인 줄은 나는 전혀 모르고 있었지 변명처럼 들리겠지만 나는 정말 DVD 영화 상영관이 그렇게 퇴폐적인 곳이라는 것을 모르고 있었어 무더웠던 날씨에 한참을 걸어 다녔기 때문에 힘이 들어서 너에게 몇 번이나 그냥 영화 한 편만 보고 연주회에 가자고 졸라댔었는데 그때

의 나와 너의 모습을 생각하면 정신이 아찔해진다 미안 정말 미안 마지막 모습을 그런 식으로 각인시켜서 너한테 너무 미안해

SY 지금도 나는 음반이나 책을 살 때는 컨트롤이 되지 않아 다른 물건들은 몰라도 음반과 책은 정말 컨트롤을 할 수가 없어 내가 함께 가자 했던 미셸 베로프의 연주회 부산문화회관에 가기 전 우리는 급하게 우리가 자주 약속 장소로 잡았던 서면의 한 음반점에 들렀고 신이 나서 음반을 왕창 사는 나를 너는 그저 멍하게 바라보고 있었지 부산문화회관에 도착해서 표를 사는데 그제야 내 연주회 표를 살 수 있는 돈만 아슬아슬하게 남았다는 것을 알았던 나 돈이 모자라는 바람에 멍청한 표정으로 너를 쳐다봤던 나 그때 짐짓 아무렇지 않은 표정으로 나에게 돈을 건네줬던 너의 모습이 지금도 눈에 선해

미셸 베로프의 드뷔시와 야나첵의 작품 연주는 환상적이었고 나는 그의 연주에 깊은 감동을 받았지 연주회가 끝나고 지하철역에서 이별했던 나와 너 잘 다녀오라고 손을 흔들며 끝까지 괜찮은 척을 했던 너 집으로 올 때 같이 학원을 다녔던 친구와 통화를 하는데 니가 당황해하며 어쩔 줄 몰라 하던 모습이 생각이 나서 나는 우리에게 있었던 이야기를 했고 그 녀석이 하는 말을

듣고 난 뒤 초조한 마음으로 그리고 떨리는 손으로 받아라 받아라 제발 받아라 하면서 너에게 전화를 걸었지

그 후 일 년이 거의 지났을 무렵 여름방학을 앞두고 문득 너의 생각이 나서 러시아에서 너에게 전화를 걸었을 때 니가 전화를 받아서 얼마나 기뻤는지 몰라 하지만 전화를 받은 너의 목소리에는 당혹스러움이 묻어 있었고 재수를 하고 있기 때문에 이번에는 바빠서 만나기가 힘들 것 같다고 말을 했었지 나는 아무렇지 않은 척하며 아 그래 알았다 잘 지내라 하고 말을 한 뒤 급하게 전화를 끊었고 수화기를 내려놓으며 사과를 할 틈도 없었네 하며 힘없이 고개를 떨구었지 그때가 마치 어제처럼 느껴진다

SY 잘 지내고 있니 너에게 궁금한 게 너무 많아 원하는 대학에 들어갔었는지 아직도 그렇게 음악에 대한 뜨거운 마음을 품고 있는지 결혼은 했는지 아이는 있는지 아이가 있다면 틀림없이 웃을 때 너처럼 이를 환히 드러내놓고 웃겠지 나는 미셸 베로프의 음반을 감상할 때마다 벌써 20년이 다 되어 가는 그날이 떠올라 그리고 그럴 때마다 나의 입가에는 쓰디쓴 미소가 절로 번져 쓰디쓴 미소가 내 입가에 머무를 때 나의 머릿속에는 어김없이 너의 모습과 프랑수아즈 사강의 소설 제목이 떠오르지 슬픔이여 안녕

SU에게
−참회록 2

초등학교 6학년 초 나의 단짝 친구였던 SU 나는 지금도 너를 생각할 때마다 마음이 찢어진다 어느 날 우리는 심하게 다투었고 아이러니하게도 바로 그날 우리 집으로 하루 종일 장난 전화가 걸려 왔었지 그리고 다음 날 교실에서 너를 보자마자 다짜고짜 왜 어제 우리 집에 장난 전화를 했냐며 나는 너를 몰아세웠고 장난 전화를 한 적이 없다고 완고하게 말하는 너의 모습을 보다 못한 나는 너무나 화가 난 나머지 분을 삭이지 못하고 급기야 너의 얼굴에 주먹을 휘두르고 말았지 정말 장난 전화를 한 적이 없다며 나를 보며 울먹거렸던 너 왜 때리냐며 눈시울을 적시며 떨리는 목소리로 억울함을 호소했던 너

점심을 먹고 반 친구들과 축구시합을 하다가 몸싸움이 격해지거나 체육 시간에 피구를 하다가 시비가 붙어서 아이들끼리 싸움이 나면 지는 모습이나 약한 모습을 보이지 않으려 아이들에게 주먹을 휘둘렀던 기억은 생생하게 나는데 이상하게도 너 이외에는 그 시절에 내가 때렸던 아이들의 이름은 잘 기억이 나지 않아 아무래도 SU 너의 이름이 나의 마음속에 너무나 강하게 각인되어 있어서 그런 것 같아

초등학교 졸업을 앞두고 다른 친구를 통해서 나와 화해를 하

고 싶다는 의사를 전해왔던 너 한참 동안 망설이다 무안하기도 하고 먼저 손 내밀지 못한 내 모습이 창피하고 추하게 느껴져서 너무나도 냉정하게 화해의 손길을 뿌리쳤던 나 그날 나는 차라리 졸업식 날 내가 먼저 찾아가서 화해하자 하고 안이하게 생각했었는데 그 미룸이 이렇게 큰 후회와 죄책감으로 부메랑이 되어 나에게 되돌아올 줄은 꿈에도 생각하지 못했어 물론 니가 나로 인해 받았던 마음의 아픔과 상처에 비하면 내가 가지고 있는 마음의 짐은 정말 아무것도 아니겠지만 졸업식 날 너에게 사과를 하러 가려고 하는데 한 친구와 그 친구의 어머니께서 함께 사진을 찍자며 재촉하는 바람에 엉겁결에 사진을 찍은 후 다급하게 너를 찾아봤지만 아무리 운동장을 이리저리 찾아봐도 너의 모습은 보이지 않았고 찾을 수가 없었지

중학교 2학년 여름방학 때 남산동 새벽시장 근처의 한 오락실에서 우연히 만났던 우리 오락실 기기 옆에 서 있는 너를 보면서 나를 봤는데 모르는 척하는 건가 아니면 정말 나를 보지 못한 건가 하며 긴가민가했던 나 먼저 다가가지 못했던 나 그리고 오락실을 먼저 나서는 너의 뒷모습을 한참 동안 허망하게 지켜봤던 나

요즘 연예인들이나 스포츠 선수들의 학교폭력 뉴스를 접할 때마다 너의 모습과 우리의 마지막 만남이 계속 머릿속에 떠올라서 그런 뉴스를 접한 날에는 밀려오는 죄책감 때문에 나는 잠을 설쳐 SU 미안하다 정말 미안하다 너에게 마음의 아픔과 상처를 줘서 미안하고 적지 않은 기회가 있었음에도 용기를 내지 못해서 미안하다

나를 살아가게 만드는 우리 집안의 보배인 조카 사랑스러운 그 녀석이 초등학교에 입학한 이후에는 그 귀여운 녀석을 볼 때마다 부쩍 너를 많이 생각하게 된다 올해 초등학교에 입학한 그 녀석이 만약 나 같은 친구에 의해서 니가 받았던 아픔과 상처를 받게 된다면 하고 생각을 해볼 때마다 나는 정신이 아찔해지고 마음이 저려 와서 괴로워해

나는 니가 생각나거나 너의 모습이 떠오를 때면 이런 생각을 하곤 한다 나에게 받은 아픔과 상처 때문에 맨정신으로는 쉽게 나를 용서하지 못하는 너와 포장마차에서 소주 한 병을 놓고 마주 앉아서 이런저런 이야기를 나누는 모습 그리고 술기운을 빌려서 무릎을 꿇고 용서를 구하는 나의 모습을 생각해보다가 둘 다 얼큰하게 취해서 어깨동무를 하고 포장마차를 나오는 우리들

의 모습을 희망을 섞어가며 그려보곤 한다 SU 니가 허락만 해준다면 나는 이렇게 말해 보고 싶다 친구야 너무나 큰 아픔과 상처를 줘서 미안하고 그때 용기를 내지 못해서 미안하다 너에게 용서를 구하고 싶은데 나를 용서해줄 수 있겠니

음악에게*

—윤이상 〈광주여 영원히〉를 생각하며

저주스러운 역사의 씨앗으로 잉태되어

탐욕이 득실거리는 독사들의 독기 서린 혀가

이리저리 날름거리는

태초부터 저주받을 운명이었던 들짐승의

집단 서식지에 태어나버린 너

너는 차라리 태어나지 않는 것이 좋았을 음악

어미의 뱃속에서부터 태어날 때까지

네가 고이 몸에 지니고 있었던

원죄의 탯줄 그 탯줄의 근원을 너는 알고 있는가

출생과 동시에 네 몸에서 잘려나갔어도 그 탯줄은 지금도

여전히 너에게 망령된 역사의 영양분을 공급하고 있구나

그래서 나는 너를 귀태의 음악이라고 부른다

저주스러운 음악아 썩 물러가거라

아직도 단죄받지 않고 있는 욕망의 근원이

살아 숨 쉬고 있는데

화해라는 이름의 보호막 그 저주스러운 방패 안에서

그 악덕의 원흉이 보란 듯이

두 발 편히 뻗고 천수를 누리고 있는데

어찌하여 염치도 없이 찾아와서

요염한 미소를 머금고 온갖 교태를 부리며

너를 사랑으로 품어달라며

피가 들끓고 있는 사내를 유혹하려 하느냐

나는 여기저기서 들려오는

한 맺힌 통곡 소리를 즐겨 들으며

삶의 낙을 누리는 그런 잔인한 사디스트가 아니다

무고한 사람들을 군홧발로 짓이기는 소리와

사방에서 들려오는 총소리를

어떻게 사랑하는 마음으로 품을 수 있을까

만약 그런 소리를 사랑하는 사람이 있다면

그 사람은 곧 세상을 발칵 뒤집어엎을

예비 사이코패스 살인자이거나

피도 눈물도 없는 인간 백정이겠지

내 아무리

오는 음악 가리지 않고 가는 음악 막지 않는 사람이지만

너는 아니다 너는 사랑으로 품을 수 있는 음악이 아니다

망령된 음악아 저주스러운 음악아 썩 물러가거라

네가 아무리 두 번 다시 나오지 않을 명작이라 할지라도

다시는 이 땅에서 태어나지 말고

다시는 이 나라 사람의 손에 의해 쓰여지지 말아라

너와 같은 음악은 너 하나로 족하다

제발 너와 같은 음악은 두 번 다시 없어라

두 번 다시

두 번 다시

*이 시는 그가 사망하기 3개월 전에 완성되었다. 그렇기에 작품 속에서 그는 아직 생존해 있는 상태로 서술되어 있다.

라크리모사

모차르트의 레퀴엠 중 라크리모사
살틔코프가 편곡한 악보를 피아노 보면대 위에
올려놓고 연습을 하는데 수많은 환영이 눈에 어른거렸다
높은 자리가 손아귀에 들어올 것 같으면 어김없이
검은색 정장을 차려입고 망월동에 나타나는 사람들
평소에는 찾지도 않다가 선거철만 되면 비장한 눈빛으로
망월동 묘역에 나타나서
고개를 숙이고 무릎을 꿇는 사람들
그런 사람들의 몸은 너무나 변덕이 심해서
카메라가 여기저기서 자신을 비추고 있어야만
눈에서 눈물이 흐르고
어깨가 들썩이고 무릎이 꿇리고
묘비 위에 놓인 손이 부르르 떨리게 되지
망월동은 고사하고 광주를 가본 적이 없는 내가
누군가를 탓하는 것이 우습고 부끄럽구나

영령들이여 죄송합니다
어쩌면 우리 스스로 그런 풍토를 만들었는지도 모르겠습니다
천하보다 귀한 목숨
그 한목숨을 가차 없이 내던져 버리면서까지 당신들이

지키고자 했던 그 가치를 마음껏 누리면서도
당장 눈앞에 놓인
현실이 깜깜하다는 이유로 저희는 당신들을 망각합니다
당신들은 목숨과 맞바꾸었던 그 가치를
후손들이 마음껏 누리며
기쁘게 살아가는 것을 원하시며 눈을 감으셨겠지요
영령들이여 죄송합니다
저부터 먼저 반성합니다

두 번 다시 당신들이 흘렸던 눈물과 피가
내 마음속에서 마르도록 방관하지 않겠습니다
어떤 상황이 오더라도
당신들이 흘렸던 눈물과 피를 기억하겠습니다
항상 시대정신을 잊지 않도록 노력하겠습니다
낙담과 좌절의 쓰라림을 맛보게 되더라도
당신들이 지키고자 했던
그 가치의 귀중함을 생각하며 쉽게 쓰러지지 않겠습니다
진정한 슬픔을 아는 자만이
눈물을 희석하여 유머를 빚어낼 수 있지요
남들이 실없다고 하더라도

항상 웃음을 잃지 않는 사람이 되겠습니다

그리고 사람들에게

웃음을 줄 수 있는 사람이 되도록 노력하겠습니다

감사한 마음을 가지고 즐겁게 살아가면서

당신들이 지키고자 했던 그 가치를 마음껏 누리겠습니다

그러니 영령들이여

이 세상에 대한 모든 근심과 염려 내려놓으시고

자비로우신 신의 따뜻한 품 안에 안겨

사랑과 은총 가운데서

고이 영면하소서

순간의 환영

피아노 연습을 시작하려고 하는데 계속 피아노 위쪽 뚜껑으로 시선이 간다. 신경이 날카로워진다. 무엇인가 개운치 못한 느낌이 온몸을 휘감는다. 잠시 일어나서 피아노를 여기저기 쭉 훑어보다가 나를 불안하게 만든 원인과 이유를 알게 되어 고개를 끄덕인다. 피아노 연습을 할 수 없을 정도로 나를 불안하게 만든 것은 다름 아닌 피아노 위에 수북하게 쌓인 먼지다. 귀찮을 때는 한 주는 물론 두 주도 방치하게 되는 나의 고질병을 생각하며 먼지가 쌓여 있는 곳에 손가락 하나를 갖다 대어본다. 셀 수 없이 많은 먼지가 손가락 끝에 묻힌 것이 눈에 보이는데 그 어떤 무게감도 느껴지지 않는다. 그 순간 눈이 손가락을 갖다 대었던 반대쪽으로 간다. 자세히 보니 조금 전에 손가락을 갖다 대었던 곳보다 먼지가 조금 더 많이 쌓여 있다. 이번에는 먼지가 쌓여 있는 곳 위에 입술을 조금 오므리고 입바람을 불어본다. 피아노 뚜껑 위로 이리저리 휘날리는 먼지가 천장 조명 때문에 더 선명하게 보인다. 먼지가 피아노 뚜껑 위에서 사라지며 공중으로 흩날리는 장면을 보는 그 찰나의 순간에 나는 피아노를 앞에 두고 내 인생을 거쳐 갔던 무수히 많은 사람들의 환영과 대면하게 된다. 그들의 대부분은 너무나 사랑했기에 혹은 너무나 미워했기에 한때는 결코 머릿속에서 지울 수 없다고 생각되었던 사람들이다. 그러나 시간의 터널을 지나 망각의 역에 도착한 현재의 내게 그들은 망자들보다 더 멀게 느껴지고 더 가볍게 느껴지는 산 자들일 뿐이다. 어떤 이들은 이름이 기억나지 않고 어떤 이들은 얼굴이 기억나지 않고 또 어떤 이들은 이름과 얼굴이 모두 기억나지 않아서 골똘히 기억을 더듬어 보지만 모두 허사다. 나의 헛된 노력을 탓하는 순간 쓴웃음이 나의 입가에 맴돈다. 세상에서 가장 잔인한 살인 방법이 있다면 그것은 바로 누군가를 망각하는 것! 나는 도대체 얼마나 많은 사람들을 그토록 잔인하게 죽였단 말인가? 도대체 어쩌다가 하나하나의 존재가 피아노 위의 먼지처럼 가볍게 느껴지게 되는 지경까지 오게 된 걸까? 피아노를 앞에 두고 대면한 무수히 많은 사람들의 환영에게 나는 말한다. '저는 지금 피아노에 묻은 먼지를 털어야 하고 연습도 해야 하니 모두 잘 가세요. 바이!' 그 순간 그들의 환영은 먼지처럼 휘날리며 여기저기 뿔뿔이 흩어진다. 보이는 동시에 보이지 않는 환영, 만질 수 없는 환영, 그리고 이름도 기억나지 않고 얼굴도 기억나지 않는 그들의 환영은 도대체 무엇이었을까? 내가 대면했던 환영이 어쩌면 언어적 관념일 수도 있다고 생각하니까 내가 피도 눈물도 없는 냉혈한처럼 느껴져서 치가 떨린다.

발걸음 소리*

−스크랴빈 피아노 소나타 9번 〈검은 미사〉를 생각하며

터벅터벅

터벅터벅

한 걸음 한 걸음

한 걸음 한 걸음

누군가 계단을 내딛는 소리가 들린다

그런데 발걸음 소리가 예사롭지 않다

크지도 않고 작지도 않은 발걸음 소리

빠르지도 않고 느리지도 않은 발걸음 소리

결코 평범한 이의 발걸음 소리가 아니다

이 발걸음 소리를 내는 사람은

소름이 끼칠 만큼 일정한 패턴으로 계단을 내딛고 있다

만약 악보에 크지도 않고 작지도 않게

빠르지도 않고 느리지도 않게 연주하라는 지시가

적혀 있다면 도대체 몇 명의 연주자가 그 지시를

이상적으로 충실하게 이행할 수 있을까

모차르트의 음악을

악보에 적힌 그대로 꾸밈없이 정확하게

연주할 수 있는 사람들의 수만큼이나 극소수이겠지

또다시 들린다

터벅터벅
터벅터벅
한 걸음 한 걸음
한 걸음 한 걸음

너무나 일정한 리듬과 크기의 발걸음 소리
그가 내딛는 계단은 어디로 그를 인도하고 있는 것일까
그가 향하고 있는 곳이 도대체 어디이기에 저렇게
조심스럽고도 단호한 소리를 내며 걷고 있을까
내면으로의 끝없는 침잠인가
천만의 말씀
그 발걸음 소리는 바로 지옥을 향하는 소리
타의가 아닌 자의로 지옥을 향하고 있는 소리이기에
그의 발걸음 소리는
이 세상에서 가장 끔찍하고 두려운 소리

드디어 끝이 없을 것 같았던 계단의 끝에 도달한 그
지옥에 도착하여 악마와 대면하는 순간에도

당황한 기색이나 두려움은 얼굴에 묻어 있지 않다
마치 이미 예견을 하고 있었다는 듯
태연한 표정을 짓고 있는 그 당황한 악마가 무엇인가
이상한 낌새를 눈치채고 먼저 말을 건넨다
그렇게 시작된 악마와 그의 대화

"겁도 없이 자의로 지옥에 오다니 뜻밖이군."

"건방진 녀석 같으니! 몸소 지옥을 찾아온 너의 창조주께 한다는 말이 고작 반말이냐?"

"(당황한 표정의 악마) 뭐… 뭐… 자네 방금 뭐라고 했나? 창조주라고 했나?"

"마치 내가 지옥에서 벗어나게 해달라고 빌기를 원했던 표정을 짓고 있군. 얼간이 같으니라고!"

"이… 이봐! 잠깐. 여기는 지옥이고 나는 악마야. 그리고 자네는 하찮은 인간 그 이상도 그 이하도 아니야!"

"그게 뭐 어쨌다는 거야? 좋아. 내가 인간이라고 치지. 인간이 없다면 자네는 아무것도 아니야. 인간이 있기에 자네가 두려운 존재로 남을 수 있지. 아무도 없는 허허벌판에 있는 악마는 아무짝에도 쓸모없는 쓰레기일 뿐이야. 알아듣겠나?"

"아직 정신을 차리지 못했군. 그럼 내가 직접 정신이 돌아오게

해주지. 자, 이제 천천히 이 지옥의 열기를 느껴봐. 그리고 저 저 주받은 것들이 울부짖는 소리를 들어봐."

"이 열기는 아주 강력하군. 엄청난 희열이 느껴져. 내가 불의 시 〈프로메테우스〉와 〈불꽃을 향하여〉를 작곡하며 느꼈던 희열은 미세 세포 수준이었어. 난 드디어 영원히 꺼지지 않는 불꽃에 도달했어. 오, 이것이 꿈이 아니기를!"

"젠장. 완전히 정신이 나간 미치광이가 제 발로 여기를 찾아왔어. 빌어먹을!"

"조금 조용히 해주지 않겠나? 나는 지금 아주 매혹적인 소리를 감상 중이야. 저 무리가 발악하며 울부짖는 소리는 진정한 고통이 무엇인지 제대로 들려주고 있군. 내가 음악으로도 표현하지 못한 아주 멋진 소리야. 저기 저쪽에 있는 여자가 내는 신음 소리는 아주 섹시해. 그런데 여기에는 붉은색과 검은색 외에 다른 색은 존재하지 않는 것 같군. 나의 프로메테우스 화음이 전혀 쓸모없게 되었다는 것이 유감이지만 그래도 괜찮아. 지옥에 온 것만으로도 충분히 만족하니까."

"자네는 사디스트이면서도 마조히스트적인 기질을 가지고 있군. 일시적인 고통을 즐기는 부류의 인간이 있다는 것쯤은 나도 알고 있어. 하지만 이 지옥에서는 영원한 고통만이 있을 뿐이야. 알겠나? 이 천벌 받은 인간아!"

"영원한 고통을 맛보다니 이 얼마나 멋진 일인가! 아무런 제약 없이 엑스터시를 느낄 수 있다니! 더구나 이제는 귀찮은 전희와 번거로운 후회를 거칠 필요가 없어. 나는 영원히 오르가슴만 느낄 수 있는 곳으로 온 거야. 황홀해! 너무 황홀해! 자네에게 방해받지 않고 이 지옥을 마음껏 둘러보고 싶은데 날 좀 내버려 둘 수 있겠나?"

"내가 볼 때 자네는 과대망상증이 심각해. 제정신이 아니야. 좋아. 방해하지 않을 테니 얼마든지 둘러봐. 미리 말해 두지만 나중에 여기에서 빠져나가게 해달라고 애원은 하지 말게. 때는 이미 늦었어. 여기는 한 번 들어오면 다시는 나가지 못하는 곳이야. 자네가 지옥을 구경하는 동안 나는 잠시 인간 세계에 가서 영혼 사냥을 하고 오겠네."

"정말 고맙군. 그런데 이 말은 꼭 해야겠어. 나는 미치광이도 아니고 과대망상증 환자도 아니야. 악마 나부랭이 따위가 감히 창조주를 판단하려고 하다니! 자네의 발언은 똑똑히 기억해 두지. 심판의 날에 나를 너무 원망하지는 말게나. 자네는 항상 그 혀가 문제야. 뱀이었을 때의 버릇을 아직도 고치지 못하고 있군."

"이런 빌어먹을! 제발 적당히 좀 해! 적당히! (참담한 표정을 지으면서) 더 이상 자네와 말을 나누고 싶지 않아. 대화는 이쯤에서 끝내도록 하지. 나는 다녀오겠네. 그럼 이만."

마치 도망치듯 황급히 지옥을 뜨는 악마

그리고 그 모습을 유유히 지켜보는 불청객

악마가 사라지는 모습을 보면서 중얼거리는 그

저 자식은 바보천치에다 여전히 버르장머리가 없어

저런 머리를 가지고 어떻게 영혼 사냥을 한다는 말이지?

보나 마나 아무나 붙잡고

돌을 빵으로 변하게 해보라고 지껄일 거야

돌대가리 같으니라고 멍청한 녀석

그건 그렇고 어디 한 번 지옥 탐색을 해볼까?

뒤로 돌아선 후 서서히 발걸음을 옮기는 그

그렇게 시작된 지옥 기행

터벅터벅

터벅터벅

한 걸음 한 걸음

한 걸음 한 걸음

또다시 소름이 끼칠 만큼 일정한 패턴으로 걷는 그

여기저기서 들려오는 저주받은 자들의

한 맺힌 통곡 소리를 듣는 도중에

문득 그는 참을 수 없는 충동을 느끼며 외친다

지옥의 하늘 위로 높이 날아올라 아래를 내려다보며

그림을 감상하듯 절규하는 자들을

느긋하게 바라보고 싶다!

하늘 위에서 자연스럽게 떠오르는 음향으로

그들의 울음소리를 감상하고 싶다!

날개가 없는 그가

어떻게 하늘 위로 높이 날아오를 수 있을까?

방법은 단 한 가지 그것은 바로 트릴

베토벤이 후기 피아노 소나타에서

자신의 영혼을 승천시키기 위하여 사용했던 바로 그 방법

베토벤과 마찬가지로

그 역시 자신의 후기 피아노 소나타에서

우주로 나아가기 위하여 사용했던 바로 그 방법

베토벤과 그에게 있어서 트릴은

단순히 악보 한 소절의 장식을 위한 음들이 아니라

영혼을 승천시키기 위한 유일한 도구

피아노가 없는 것은 문제가 되지 않는다

음악가는 내면으로 들으면 되는 것이니까

그가 내면의 소리에 귀를 기울이니까

트릴 소리가 들리기 시작한다

상승과 하강을 끝없이 반복하며 울리는 소리의 향연

서서히 지옥의 하늘로 떠오르기 시작하는 불청객

악의 세계와 완전한 합일을 이룬 그의 영혼

하늘 위에 도달해서 그가 밑을 내려다보니

땅이 이리저리 흔들리면서

신에게 버림받은 자들을

불구덩이 속으로 마구 밀어 넣고 있다

여기저기서 울려 퍼지는 비명소리

그리고 쉴 새 없이 하늘 위로 솟아오르는

시꺼먼 연기와 매캐한 냄새

인간 세계에서 끝내 완성하지 못했던

자신의 신비극 〈미스테리움〉

소리와 색 그리고 냄새를 통하여 거행하려 했던

자신만의 거룩한 예배의식

그 미완의 프로젝트가 지옥에서

온전한 형태로 완성되는 것을 흐뭇하게 쳐다보며

그가 하늘 위에서 소리 높여 외친다

불길이여 더욱더 타올라라!

불의 댄스는 영원히 멈추지 말지어다!

법열의 경지에 오른 기쁨을 마음껏 만끽하는 것도 잠시

아래에서 유난히 붉고 검은 반점이 보여서 자세히 바라보니

벌써 지옥으로 돌아온 악마가

멍하게 자신을 올려다보는 것이 보인다

서서히 하늘에서 내려오는 불청객

"이 미천한 인간아! 빨리 내려와!"

"빌어먹을 자식! 중요한 순간에 나타나서 이게 무슨 행패야? 그리고 난 자네 부하가 아니니까 명령하지 말게."

"젠장. 깜빡하면 나도 속을 뻔했어. 이게 무슨 꼴이람? 이봐, 내가 인간 세계에서 누굴 만났는지 아나?"

"자네와 노닥거릴 시간이 없으니까 용건만 빨리 말하게."

"나 역시 정신 나간 미치광이와 오랫동안 이야기하고 싶지 않아. 하지만 우리는 중대한 문제에 대해서 진지하게 이야기 나누어야 하네."

"도대체 하고 싶은 이야기가 뭐야?"

"인간 세계에 가서 영혼 사냥을 하는 도중에 미카엘을 만났어. 나는 혹시나 하는 마음에 그에게 내가 모르는 타락한 천사가 있냐고 물었지. 물론 지옥에 불쑥 찾아온 자네의 이야기를

하면서 말이야."

"그래서 그가 뭐라고 하던가?"

"자네는 인간 그 이상도 그 이하도 아니라고 대답하더군. 듣자하니 인간 세계에서도 사람들의 두 손과 두 발을 다 들게 만든 문제아였다면서?"

"내가 천사들을 잘못 창조한 것 같군. 이런 멍청이들!"

"그도 자네가 이곳에서 영원한 형벌을 받고 있지 않다는 것을 순순히 인정하더군. 그리고 자네가 신 노릇을 하며 창조주의 이름을 더럽혔다는 사실에 분노했어."

"빌어먹을! 요점만 간단하게 말해줄 수 없겠나?"

"자네는 여기에 있을 수 없어. 이곳은 영원한 형벌을 받는 곳이야. 그런데 자네는 여기에서 고통을 전혀 느끼지 못하고 있지 않은가? 도대체 하늘 위로는 어떻게 날아오를 수 있었지? 이 지옥은 인간의 자유와 의지, 그리고 능력이 용납되지 않는 곳이야. 단도직입적으로 말하겠네. 자네는 악의 생태계를 파괴하고 있어. 이건 창조주의 섭리에도 어긋나는 일이야. 이곳에서 나가주면 좋겠어."

"(사악하게 웃으면서) 하지만 자네 스스로 이곳은 한 번 들어오면 다시는 나가지 못하는 곳이라고 하지 않았나? 내가 만약 이곳을 나가게 되면 자네 역시 창조주의 섭리를 거스르는 행동을 하게 되는 거야."

"그 문제에 대해서는 미카엘과 이미 충분한 합의를 보았어."

"타락한 천사들이 작당해서 창조주의 섭리를 거스르며 직무유기를 하고 있군! 괘씸한 자식들!"

"흥분하지 말고 내 이야기를 끝까지 들어봐. 자네는 영원한 고통을 갈구하고 있어. 그렇지 않나? 오히려 선의 세계가 자네에게는 여기보다 고통스러운 곳일 수도 있어."

"나를 천국으로 보내겠다는 말로 들리는군. 선의 세계라… 인간 세계에 있을 때 선과 악은 나의 주요 관심사였지. 나의 피아노 소나타 7번은 〈하얀 미사〉라고 불리고 있어. 하지만 사람들은 그 작품이 〈검은 미사〉라고 불리는 나의 피아노 소나타 9번보다 더 악한 성질을 가지고 있는 것을 전혀 눈치채지 못하더군. 무식한 것들! (잠시 뜸을 들이다가) 그래서 나를 어떻게 할 작정인가? 보아하니 자네와 미카엘이 무슨 좋은 방도라도 찾은 모양이군."

"하지만 무엇보다 자네의 선택이 우선시 될 수밖에 없어. 일단 이곳에 들어온 이상 내가 임의로 자네를 내쫓을 수도 없고 미카엘이 와서 억지로 자네를 끌고 갈 수도 없네. 그것 역시 창조주의 섭리에 어긋나는 일이니까 말이야."

"그래서 나보고 뭐 어쩌라고? 난 천국으로 가는 길은 알지도 못하는데."

"방법은 간단해. 자네가 여기서 나갈 의향이 있다면 내가 세로로 된 커다란 블랙홀을 만들어줄 거야. 그곳으로 들어가면 손잡이가 없는 하얀 문이 열려 있는데 그 문 안으로 들어서기만 하면 되네."

"하얀 문 안으로 들어서면?"

"미카엘이 자네를 기다리고 있을 거야. 만약에 자네가 하얀 문 안으로 들어서면 그가 선의 세계로 자네를 데려가기로 했네."

"그런데 왜 문이 열려 있는 상태로 있지?"

"다시 한번 말하지만 이 문제는 자네의 선택이 가장 중요하네. 나는 그의 세계로 들어갈 수 없고 그는 나의 세계로 들어올 수 없어. 둘 중 누군가 자네의 문제를 임의로 처리하지 않는다는 증표가 우리에게는 필요해. 나는 블랙홀 쪽에 서서 그리고 그는 하얀 문 쪽에 서서 자네의 문제를 누군가 일방적으로 처리하지 않는다는 것을 서로 마주보며 확인할 필요가 있는 거야. 그래서 문을 열어놓은 것이지."

"잠시 생각할 시간을 줄 수 있겠나?"

"물론이지."

"만약에 선의 세계가 나의 피아노 소나타 7번 〈하얀 미사〉와 비슷한 세계라면 내가 여기 있을 필요가 없을 것 같기도 하군."

"물론이지! 여기는 다른 이들에게는 지옥이지만 자네에게는 지옥이 아니야!"

"가만히 서 있기만 하니까 집중이 잘되지 않는군. 조금 걸으면서 생각을 하는 것이 좋을 것 같아."

터벅터벅

터벅터벅

한 걸음 한 걸음

한 걸음 한 걸음

(갑자기 걸음을 멈추는 불청객)

"(당혹스러워하면서 말을 꺼내는 악마) 자네 방금 무슨 소리 듣지 못했나?"

"(또다시 사악하게 웃으면서) 나의 내면의 소리를 듣다니 대단하군. 정말 미세한 울림이었을 텐데 그것을 듣다니 정말 대단해. 돌대가리인 줄 알았는데 완전히 바보는 아니었어. 블랙홀을 만들 필요는 없네. 나는 이 지옥에서 왕처럼 군림할 생각이니까."

혼이 나간 표정으로 힘없이 쓰러지는 악마

그리고 그런 악마를 뒤로한 채

오직 앞만 바라보며

걷기 시작하는 불청객

터벅터벅

터벅터벅

한 걸음 한 걸음

한 걸음 한 걸음

크지도 않고 작지도 않은 발걸음 소리

빠르지도 않고 느리지도 않은 발걸음 소리

소름이 끼칠 만큼 일정한 패턴의 발걸음 소리

영원히 지옥에서 울리게 될 발걸음 소리

*이 작품은 러시아의 작곡가 알렉산드르 스크랴빈의 사상과 그의 피아노 소나타 9번 〈검은 미사〉의 영향을 받은 작품이지만 피아노 소나타 9번 〈검은 미사〉의 작품해설이 아님을 분명히 밝혀둔다.

여정

　베토벤은 베토벤을 넘어설 수 있었기에 베토벤에 도달할 수 있었다 아멘

찬가
― 블라디미르 소프로니츠키를 기리며

그의 연주는 언제 들어도 마치 갓 구워낸 빵을 먹을 때
느낄 수 있는 신선한 감흥을 마음속에 불러일으키지
매순간 새로운 영감의 원천을 바탕으로
같은 연주를 두 번 한 적이 없으며
심지어 그런 시도조차 하지 않은 진정한 음악가
신이 흙으로 인간을 만든 후
생기를 코에 불어 넣어 생령이 되게 한 것처럼
손가락 끝을 통하여 피아노 소리에 영혼을 불어 넣어
모든 음이 숨을 쉬며 생생한 모습으로 약동하게끔 만든
불멸의 음악가
푸르트뱅글러에게는 살아 숨 쉬는 음악을 만들기 위해서
수많은 음악가가 모여 있는 오케스트라가 필요했지만
소프로니츠키에게는
한 대의 피아노와 열 개의 손가락만으로도 충분했지
황금손의 소유자 그리고 기적의 음악가
나는 피아노 소리가 물리게 느껴질 때면
어김없이 그의 음반을 감상하지
그리고 그의 음반을 감상한 후에는
새로운 영감의 원천을 바탕으로
피아노 소리에 대한 강렬한 욕구를 품고서

어김없이 피아노를 찾아가지
그 강렬한 욕구를 어떻게 말로 설명할 수 있을까
담배를 끊은 뒤에 느껴지는 금단 증상과
오랫동안 배설하지 못했을 때
느껴지는 성욕을 훨씬 뛰어넘는 그 주체할 수 없는
새로운 피아노 소리의 창조에 대한 강렬한 열망감을
머릿속이 메마른 음악가들이여
음악에 대한 영감이 떨어졌을 때는
소프로니츠키의 음반을 감상하라
그러면 그의 손을 통해 창조된 살아 숨 쉬는 음악이
그대들의 머릿속을 영감으로 적셔주는 기적을
경험하게 될 것이니
그때 그대들이 할 수 있는 것은
소프로니츠키에 대한 경외와 찬양뿐일 것이로다 아멘
소프로니츠키가 리흐테르에게
'당신은 천재이군요' 하고 말했을 때
리흐테르가 소프로니츠키에게
'당신은 신입니다'라고 대답했던 것을 잊지 마시길
아무리 농담이라고 하지만
오죽하면 리흐테르가 그렇게 말을 했을까!

술 취한 자의 노래 1

─연달아서 기록한 두 개의 일기

2020.4/14

설 연휴 직후에 구입했었던 헤르만 헤세 컬렉션 세트를 잘 읽고 있다. 다만 너무 잘 읽고 있어서 탈이다. 『크눌프』와 마찬가지로 『수레바퀴 아래서』를 읽는 내내 나의 과거가 주마등처럼 떠올라서 독서를 할 때 고통스러웠다. 크눌프의 죽음과 한스 기벤라트의 죽음은 내가 앞으로 받아들여야 하는 죽음의 모습을 가지고 있다. 나는 그들의 죽음을 통하여 일종의 대리만족을 느낀다. 나의 형제가 드디어 고통의 사슬을 끊고 평안의 세계로 갔다는 안도감이라고 해야 하나? 더 나은 미래가 없고 더 나아질 기미도 보이지 않는 이 세상을 아무런 기약 없이 살아간다는 것은 너무나도 암울한 일이다. 요즘은 술을 마시고 나면 극심한 한기를 느낀다. 단순한 추위가 아니라 뼛속까지 시린 한기를 느낀다. 나는 그 한기가 죽음의 손길처럼 느껴져서 술기운이 있을 때는 한없는 안도감을 느끼지만, 술이 깨면 나도 모르게 한마디를 내뱉는다. 엘리 엘리 라마 사박다니*…

2020.4/14

아주 오랜만에 시상이 떠오른다. 이런 순간에는 그냥 손이 가는 대로 쓰기만 하면 된다. 쓰자…

114

*엘리 엘리 라마 사박다니는 예수께서 십자가에 매달리어 돌아가시기 직전에 외치셨던 말씀으로 '나의 하나님, 나의 하나님, 어찌하여 나를 버리셨나이까' 하는 뜻을 가지고 있다.

술 취한 자의 노래 2
−일기에 이어 기록한 시

추체험
(세르게이 예세닌*의 심정)

죽음의 사자여 오늘 밤 내가 잠든 사이

어둠 속에서 그대가 활보할 때

나의 이름을 잊지 말아라

신이시여 오늘 밤 내가 잠든 사이

수많은 영혼을 앗아가실 때

나를 기억해주시고 외면하지 마소서

살아있는 동안 내 입에서 나오는 것은 처량한 절규뿐

차가운 손길이 자신의 몸에 닿아주기를

하염없이 기다리는 불쌍한 시인은

오늘도 술에서 깨어나 어제의 절규를

여지없이 되뇐다

엘리 엘리 라마 사박다니

*세르게이 예세닌은 러시아의 자연과 농촌 풍경, 그리고 농민 정서를 탁월하게
그려내어 농민 시인으로 명성을 떨쳤다. 고질적인 우울증과 심각한 알코올 중
독증에 시달리던 그는 결국 자살로 생을 마감했다.

녹취록

—드미트리 쇼스타코비치와의 대담 중 일부

우리가 어디까지 말했지? 아 그래. 나의 6번 심포니는 조금 불행한 작품이기는 해. 베토벤의 피아노 소나타 22번과 같은 운명에 처해 있는 작품이지. 22번 소나타는 〈발트슈타인〉 소나타와 〈열정〉 소나타 사이에 자리 잡고 있기 때문에 조명을 덜 받게 되는 운명에 처해 있는 작품이지만 좋은 귀를 가지고 있는 사람들과 열린 마음을 가진 사람들은 이 소나타의 가치를 알아볼 수 있지. 그런 사람들이라면 나의 6번 심포니의 가치도 금방 알아볼 걸세. 자네는 이 심포니에서 말러의 냄새를 맡지 못했나? 혹시 말러의 흔적을 느껴보지 못했다면 다시 한번 들어보게. 이 작품은 5번 심포니와 7번 심포니 〈레닌그라드〉 사이에 있는 작품이기 때문에 사람들에게는 별로 중요하지 않은 작품처럼 느껴지지. 하지만 이 작품은 나의 심포니 중 가장 정치적인 색이 옅은 작품이라는 점에서 중요하다는 점을 명심해두게. 6번 심포니 이후를 한번 봐봐. 7번, 8번, 9번… 9번 심포니는 정말 제대로 한 방을 먹인 작품이지. (이후 약 5초간 작곡가의 웃음소리) 아직도 어리둥절한 표정으로 나를 쳐다보던 그 얼간이들의 얼굴이 기억나는군. 9번 심포니는 분명히 정치적인 색이 있는 음악이야. 내가 나만의 노선을 확립하겠다는 의지를 보여준 작품인 동시에 약간의 불순한 의도를 가지고 작곡했다는 점에서 그렇다는 말이네. 그리고 10번, 11번, 12번, 13번에 이르기까지 정치색은 내 심포니에 짙게 배어 있지. 서방 세계에서는 내가 11번 심포니를 작곡한 이후 노골적으로 색안경을 끼고 나를 바라보더니 12번 심포니에서 레닌을 묘사했다는 이유로 나를 완전한 공산주의자이자 공산당의 나팔수라며 비난을 했지. 하지만 생각해보게. 그때 당시 왕정이 계속되기를 바랐던 사람이 과연 몇 명이나 있었겠나? 역사에도 음악과 마찬가지로 흐름이 있다는 것을 잊지 말게. 물론 역사는 전혀 의도하지 않은 방향으로 흘러가기도 하고 그에 따른 책임을 사람들이 짊어져야 하는 순간이 오기도 하지. (작곡가의 긴 한숨 이후 잠시 대담 중단)

나는 좋든 싫든 우리의 역사를 기억해야 할 필요가 있다고 느꼈고 우리가 겪은 역사를 음악 안에 담아 보존하여야 한다는 사명에 충실했을 따름이야. 아무것도 모르면서 쉽게 떠들어대는 얼간이들을 나는 제일 혐오해. 내가 공산당과 거리를 두지 않았다고 나를 비난하는 사람들이 있다는 것을 알고 있네. 하지만 우리나라는 공산당 일당 체재였어! 사람들은 누군가를 죽이기 위해서 공산당에 입당하기도 했고 누군가는 자신이 죽지 않기 위해, 또 어떤 사람들은 누군가를 살리기 위해 공산당에 입당하기도 했지. 특히 음악가들에게 공산당 입당은 출세를 보장하는 보증서이기도 했고 위험에 빠졌을 때 자신을 보호할 수 있는 일종의 보험 가입 같은 것이었지. 더구나 스탈린 치하에서 공산주의에 반대하거나 공개적으로 공산당과 거리를 두는 것은 오, 신이시여! 그때 당시 그런 행동을 한다는 건 쥐도 새도 모르게 사라져서 행방불명이 되거나 강제 수용소에 들어가는 것을 자청하는 자살행위였어! 나는 공산주의나 공산당을 옹호하고 미화할 생각은 추호도 없네. 자네한테 질문 하나만 해도 되겠나? 공산주의가 악인가? 공산주의가 절대 악이라고 생각하나? 나는 단호하게 말할 수 있어. 그 시대를 직접 겪으며 살아왔던 산증인들인 우리에게 있어서 공산주의는 그 시대의 상황을 바꿀 수 있는 대안이었어. 그 당시에는 공산주의가 거의 유일한 대안이었다네. 나치 독일이 프랑스를 점령했을 때 가장 극렬하게 저항했던 사람들과 무솔리니 치하의 이탈리아에서 파시즘에 가장 극렬하게 대항했던 사람들이 어떤 사람들이었는지 알고 있나? 바로 레지스탕스들과 파르티잔들이었네. 좌익 계열의 사람들이었단 말이네. 자네는 좌파, 사회주의, 공산주의는 절대 악이라고 교육받았겠지. 뭐 이해는 해. 내가 말하고 싶은 것은 교육과 사회적 흐름을 통해서 자네의 머릿속에 절대 악이라고 뿌리 깊게 박혀 있는 그 이념이 러시아의 왕정 아래에서 신음했던 사람들이나 파시즘의 망령이 가득했던 그 시대를 직접 경험했던 사람들에게는 인간의 존엄성이 완전히 몰락한 지옥에서 빠져나올 수 있는 유일한 수단과 탈출구였다는 것이네. 알아듣겠나? 역사를 앞에 두고 함부로 평가하고 섣불리 단언해서는 안 된다는 말을 나는 하고 싶은 거야. 우리가 무슨 이야기를 하다가 여기까지 왔지? 아아 그래. 그래….

  나의 심포니 이야기를 계속하지. 나의 14번 심포니를 생각할 때마다 나는 극도로 우울해진다네. 자네도 내 나이가 되면 이해할 수 있을 걸세. 인생이 무엇인지 조금 알겠다 싶으면 어느덧 죽음이 눈앞에 어른거리지. 죽음이 곧 다가오고 있다는 확신을 느낄 때의 그 무상감은 말로 이루 표현할 길이 없네. 하지만 어쩌겠나? 받아들여야 하는 것 외에 별도리가 없지 않은가? 14번 심포니는 죽음에 대한 나의 여러 가지 관념의 파편들이 모여져서 만들어진 음악이야. 쓸쓸한 여운이 강하지만 그 나름의 아름다움을 가지고 있는 음악이지. 15번 심포니는 심포니라는 장르에 대한 내 나름의 마지막 판단을 담고 있다는 점에서 내게 의미가 있는 작품이야. 마지막 악장의 코다가 기억나나? 정말 나의 마지막 심포니다운 종결이라고 생각하지 않나? 내게 16번 심포니는 필요 없어. 15개의 심포니로 충분해. 기악적 측면에서 바라봤을 때 15번 심포니는 나의 1번, 4번, 6번 심포니와 함께 순수음악으로 받아들여질 수 있는 몇 안 되는 심포니 중의 하나이기도 하지. 문득 자네가 했던 말이 생각나는군. 담배보다 나의 4번 심포니를 더 사랑했다고 했지? 고맙네. 그런데 골초였던 자네가 담배를 끊었다니 믿어지지 않아. 자네 말대로 나의 4번 심포니는 온전히 나의 모습이 드러난 음악이라네. 이 음악이 아무것도 첨가되지 않은 100%의 쇼스타코비치라는 자네의 의견에 동의하네. 틀리지 않아. 이 작품은 25년간이나 연주되지 못한 채 서랍장에 보관되어 있었지. 그때를 생각하면 진절머리가 난다네. 하지만 그 당시에는 어쩔 수 없었어. 나의 모든 일거수일투족이 공격 거리가 되는 상황에서 내가 할 수 있는 선택은 묵혀두고 있는 것 외에는 다른 방도가 없었지. (이후 약 10초간 작곡가가 손을 떨면서 이를 딱딱거리는 소리가 들림.)

이해가 되지 않아. 왜 이야기가 그렇게 와전되어 전달되었는지 도통 모르겠어. 흐렌니코프가 나의 4번 심포니를 훔쳐 가려고 했다는 이야기는 사실이 아니네. 그는 그 정도로 간이 큰 인물이 아니야. 만약에 그가 나의 4번 심포니를 훔쳐 가서 자신의 심포니로 발표했다면 어떻게 되었을까? 아마 작곡가 연맹 의장 자리를 내어놓아야 했을 걸? 나의 4번 심포니는 그가 국가의 이름을 들먹이며 열심히 옹호했던 흔히 말하는 사회주의 리얼리즘 음악에서 한참 벗어난 음악이야. 그리고 이 심포니가 25년 동안 서랍장 안에 있다가 마침내 연주할 수 있게 되었을 때도 솔직히 그렇게 우호적인 분위기는 아니었어. 그 당시에는 내가 워낙 예민해져 있던 상태에 있었기 때문에 그렇게 느꼈을지도 모르지. 아무튼 나는 그렇게 느꼈어. 그리고 무엇보다 내 음악과 그의 음악은 결이 달라. 노선 자체가 다르단 말이네. 물론 나는 그에 대해서 좋은 마음을 가지고 있지는 않아. 단지 그가 나의 4번 심포니를 훔쳐 갈 정도로 대담한 인물은 아니라는 것을 말하고 싶은 거야. 그가 정말 나의 4번 심포니를 훔쳐 가려는 마음을 품었다면 스코어를 보자마자 소각처리를 했을 걸? 무슨 말인지 이해가 되나? 그는 항상 선율을 강조했지. 그의 목소리로 선율 타령을 듣는 것은 고역이었어. 프로코피예프는 선율에 대한 자신의 견해를 마치 학생이 선생에게 반성문을 쓰듯이 편지에 담아 그에게 보낸 적이 있어. 웃기지 않나? 재미있는 이야기 하나 들려줄까? 흐렌니코프는 음악원을 졸업할 때 자신의 1번 심포니를 제출했지. 그런데 졸업시험 때 그 작품에 4점을 준 사람이 누군지 아나? 바로 프로코피예프였어! 이유는 간단해. 그의 관점에서는 그 심포니에 현대성이 부족했기 때문이었지. 나도 그의 견해에 동의하네. 흐렌니코프는 도통 모험이라는 걸 하지 않는 인간이었어. 그런 그가 나를 놀라게 했던 경우가 딱 한 번 있었지. 바로 자신의 3번 심포니를 내어놓았을 때야. 리듬과 화성의 사용에 있어서 그로서는 최대한의 실험을 한 경우였지. 정말 의외였어. 그 외에는 그저 그런 음악들을 작곡했을 뿐이야. 문득 이런 생각이 드는군. 졸업시험 때 자기가 4점을 채점해줬던 애송이에게 선율에 대한 자신의 견해를 편지에 담아서 보내야만 했을 때 프로코피예프의 심정이 어땠을까? 생각만 해도 끔찍하군. 하긴 프로코피예프의 선율은 조금 모호하기는 했어. 하지만 그의 마지막 피아노 소나타와 마지막 심포니를 들었을 때는 선율에 대한 개념을 완전히 확립한 것 같은 느낌을 받았어. 그는 스탈린과 같은 날에 죽었지. 솔직히 인간적으로는 그에게 별로 정을 느끼지 못했어. 나뿐만 아니라 다른 사람들에게도 그는 오만했고 거칠게 구는 경우가 허다했어. 하지만 막상 그가 죽었다는 이야기를 들었을 때는 마음이 아프더군. 일종의 동지애를 느꼈다고 해야 하나? 우리는 같은 이유로 동료들에게 공격받았고 같은 인간 때문에 괴로워했지. 그 인간이 누구인지는 말하지 않아도 잘 알겠지. 나는 지금도 스탈린을 생각하면 치가 떨려. 조금 쉬고 싶은데 괜찮겠나? 몸에 힘이 빠지는군. 조금 쉬다가 다시 시작하지. (또다시 작곡가의 긴 한숨 이후 잠시 대담 중단)

프로코피예프는 그 까다로운 성질 때문에 연주자들을 곤혹스럽게 만들기도 했지. 연주자의 해석이 마음에 들지 않으면 난폭하게 굴기도 했어. 물론 작곡가의 마음에 완전히 드는 해석은 있을 수 없어. 나 역시 리허설을 할 때는 지휘자나 연주자가 최대한 악보에 충실한 연주를 하도록 요구하는 편이야. 하지만 연주가 내 마음에 들지 않았다고 상대방에게 난폭하게 굴거나 무안을 주지는 않았네. 나 역시 까다롭게 굴었던 적은 몇 번 있었지만 대부분 수용하는 선에서 끝냈어. 이름은 말하지 않겠네. 한 지휘자*가 나의 심포니를 녹음한 음반을 보내왔는데 전체적으로 마음에 들지 않았어. 그래서 나는 내 마음에 들지 않았던 부분들의 목록을 적어서 그에게 편지를 보냈지. 그 편지를 받은 후 그는 내가 지적했던 모든 부분을 고치고 다듬은 뒤 다시 음반을 보내왔었어. 나는 그런 프로정신을 가진 음악가가 좋아. 스토콥스키가 노구를 이끌고 우리나라를 방문해서 우리나라의 방송교향악단을 지휘한 연주회에 참석하여 들었던 나의 11번 심포니 연주와 번스타인이 뉴욕 필하모닉 오케스트라를 이끌고 우리나라를 방문해서 가진 연주회에 참석하여 들었던 나의 5번 심포니 연주 모두 솔직히 완전히 나의 마음에 들지는 않았어. 하지만 나는 그들의 해석을 수용했네. 번스타인의 경우 템포를 너무 극단적으로 빠르게 몰고 갔지만 그 재능 있는 음악가의 비범한 능력을 대번에 알아볼 수 있었지. 반대로 므라빈스키의 경우는 템포를 조금 답답하게 설정했어. 하지만 그의 해석 역시 나는 수용했지. 한번은 므라빈스키가 나의 작품을 리허설할 때 꽤 실력 있는 지휘자**와 동석한 적이 있었다네. 연주를 듣던 그가 내게 악보에는 이렇게 적혀 있지 않다며 '이건 올바른 템포가 아닌데요?' 하고 말하더군. 내가 뭐라고 대답했을 것 같나? 나는 '이것 역시 맞는 템포야!'라고 대답해줬어. 음악에 정답은 없는 법이라네. 알겠나? 오늘은 여기까지 하는 게 좋을 것 같은데 어떻게 생각하나? 이 나이가 되면 말만 많이 해도 피곤해지는 법이지. (내가 고개를 끄덕였던 타이밍에) 고맙네. 정말 고마워. 나는 이제 조금 쉬어야겠어. 너무 피곤하군. (약간의 잠음이 들림)

　그리고 약 10초 후 카세트 플레이어의 재생 버튼이 올라오는 소리

딸까닥

*세르게이 쿠세비츠키(1874~1951)
**겐나디 로제스트벤스키(1931~2018)

Arietta
−안톤 베베른* 풍으로

PP (피아니시모**)

끝

*안톤 베베른은 축약된 형식의 틀을 기조로 하여 최소한의 음을 사용하여 음악
 을 작곡했던 미니멀리즘 음악의 대표적인 작곡가이다.
**피아니시모는 '매우 여리게'를 뜻한다.

인터뷰

시 그리고 음악의 매혹

○이 시집은 장시간 단독 콘서트하듯 마치 연주하듯 혹은 음악과 문학 사이의 '아름답고 매혹적인 다리' 하나 놓으려는 듯, 작가의 특별한 포부와 자긍심이 느껴집니다. 이 시집을 착수하게 된 배경이 궁금합니다.

　모든 것은 그 사람으로부터 받았던 메일 한 통에서 시작되었습니다. 항상 눈빛에 생기가 가득하고 의욕이 충만한 사람이었는데 어느 순간부터 눈빛에서 지친 기색이 엿보였습니다. 그래서 그 사람에게 메일을 보냈던 적이 있었는데요. 두 번째로 메일을 보내고 나서 한참의 시간이 흐른 뒤에 그 사람으로부터 메일을 한 통 받게 되었습니다. 제게 보내왔던 메일에 대한 답장 메일을 보내고 나서 이틀이나 삼 일 뒤에 그 사람의 생일이 지난 지 얼마 되지 않았던 것을 뒤늦게 알게 되었습니다. 그래서 하루에 한 편씩 삼 일간 총 세 편의 시를 쓴 후에 한글 파일 안에 담아 다시 메일을 보냈지요. 그 이후로도 여러 번 시를 써서 메일로 보냈습니다. 말씀드린 일련의 과정들이 이 시집이 탄생하게 된 배경입니다.

○그 사람과는 어떻게 되었습니까?

러시아에 있을 때 차이콥스키와 폰 메크 부인이 주고받았던 편지들을 읽었던 적이 있었습니다. 그 두 사람은 사적으로든 공적으로든 제대로 된 만남을 가졌던 적이 없었습니다. 하지만 그 두 사람은 평범한 부부가 나누는 것보다 더 큰 정서적 교감을 주고받았던 것을 그들의 편지들을 통해서 어렵지 않게 알 수 있었습니다. 이루어질 수 없는 사랑과 이루어지지 못한 사랑이 때로는 더 애틋하고 더 아름답고 더 기억에 남는 경우가 있습니다. 이 질문에 대한 답변은 여기까지 하겠습니다.

○베토벤의 '디아벨리 왈츠에 의한 33개의 변주곡' 형식과 이 시집의 전체적인 구조인 39편의 시는 어떤 관계가 있는지요. 단지 단순한 형식인지 아니면 그 이상의 무엇이 있는 것인지요. 만약 33개의 변주곡 형식을 의도적으로 염두에 두었다면 그 이유는 무엇인지요.

베토벤의 〈디아벨리 변주곡〉은 질서가 있는 음악이기도 하고 질서가 없는 음악이기도 합니다. 그래서 처음으로 시집을 착상할 때 〈디아벨리 변주곡〉의 특성을 염두에 두고 목차 없이 시들을 배치하기 시작했습니다. 물론 변주곡 개수도 생각하면서 시집을 구상했지요. 2021년 가을에 처음으로 『순간의 환영』 시집 원고를 출판사에 투고했을 당시에는 시집이 〈디아벨리 변주곡〉처럼 총 33편의 시로 이루어져 있었습니다. 의도

적으로 목차 없이 시들을 파편처럼 마구 흩어놓았는데 결과
는 아주 처참했습니다.

시를 쓰는 행위는 살아내기 위한 과정

○언필칭 '연주가 인간의 원초적 본능이 고스란히 드러나는
행위'라고 한다면 시를 쓰는 행위는 무엇이라고 할 수 있겠는
지요.

　저에게 시를 쓰는 행위는 살아내기 위한 과정입니다.

○이번 시집은 프로코피예프의 〈순간의 환영〉에서 아이디어
를 얻었다고 하는데, 다만 형식적인 부분을 말하는 것인지,
아니면 또 다른 아이디어가 있었다는 것인지 궁금합니다.

　프로코피예프의 〈순간의 환영〉은 총 20개의 소품으로 이루
어져 있습니다. 작곡가는 러시아의 시인 콘스탄틴 발몬트의
한 시구(모든 순간의 환영 속에서 나는 보았다. 끊임없이 변화
하며 유희하는 무지갯빛 색상으로 가득 이루어진 세계를)에
서 영감을 얻어 작품의 제목을 따왔고 그 자신만의 독창적인
음향으로 이루어진 음악을 만들어 냈습니다. 그는 순간의 감
정이나 순간의 아이디어를 놓치지 않고 음악으로 절묘하게 포
착했습니다. 마치 사진을 찍듯이요. 저는 그가 〈순간의 환영〉
을 작곡했던 방식으로 시를 쓰고 싶었습니다.

○먼저 차례만 유심히 읽어보아도 가령 윤이상, 정추, 쇼스타코비치 등 시대와 관련된 작곡가들이 다가옵니다. 특별한 이유가 있을 것 같습니다. 그 이유를 듣고 싶습니다.

시대정신이 사라지고 있습니다. 저는 저만의 방식으로 그들을 잊지 않고 기억하고 싶었고 저만의 방식으로 시대정신을 붙잡고 싶었습니다.

사랑과 유머는 무한한 세계 그 자체

○차례만 일별하면 사랑 10편과 유머 14편입니다. 물론 '음악의 시편'이 중심이겠지만 또 한편 '사랑과 유머의 시편'이라고 불러야 할 것 같습니다. 사랑과 유머는 음악의 세계인지, 혹은 이번 시집의 세계인지요. 아니면 예술의 세계인지, 인간의 세계인지, 혹은 인생의 세계인지요.

제게 있어서 사랑과 유머는 무한한 세계 그 자체라고 답변드리겠습니다.

○만약 이 시집의 부제처럼 죽음 앞에 마주 서게 되면 인생은 덧없는 환영일 뿐일까요, 역사의 한 장면일까요.

죽음 앞에 마주 서게 되면 인생의 모든 순간은 덧없는 환영인 동시에 붙잡을 수 없는 역사의 한 장면이겠지요.

○「발걸음 소리」는 인상적이었습니다. 형식도 내용도 인상적

이었습니다. 작가는 주석을 통하여 밝혀놓았듯이 러시아의 작곡가 알렉산드르 스크랴빈 피아노 소나타 9번 〈검은 미사〉의 영향을 받은 작품이라고 했지만 작품 해설은 아니라고 하였습니다. 물론 작품 해설은 아니라고 했지만 위 소나타 9번과 이 시는 어떤 특정한 연관성이 있는지요? 혹시 이 시와 관련한 에피소드가 있는지요?

스크랴빈의 피아노 소나타 9번 〈검은 미사〉의 도입부를 떠올려보면서 「발걸음 소리」의 도입부를 소리 내어 읽어보십시오. 리듬이 딱 맞아떨어진다는 것을 알게 되실 겁니다. 「발걸음 소리」를 쓸 당시 저는 어떤 특정한 연관성을 의식하기보다는 〈검은 미사〉의 운율과 리듬에 몸을 맡기고 손이 가는 대로 제가 생각하는 스크랴빈을 그려냈습니다. 너무나 쉽게 글이 써졌기 때문에 황홀해했던 기억이 납니다. 물론 술의 힘을 빌리기는 했지요. 저는 깊이 생각하고 시를 쓰는 사람이 아닙니다. 오랜 세월에 걸쳐 원고를 수정하면서 시를 완성하는 사람은 더더욱 아니고요. 「발걸음 소리」를 완성하기까지 필요했던 시간은 5일이었습니다. 너무 놀라시지 마십시오. 스크랴빈은 자신의 걸작인 피아노 소나타 5번을 6일 만에 완성했으니까요. 그에 비하면 저는 정말 평범하고 보잘것없는 인간일 뿐입니다.

○시 「여정」의 전문을 보면 다음과 같습니다. "베토벤은/ 베토벤을/ 넘어설 수 있었기에/ 베토벤에/ 도달할 수 있었다/ 아멘" 단도직입적으로 묻겠습니다. 김성은 시인에게 베토벤

은 무엇입니까?

단도직입적으로 물어보셨으니까 단도직입적으로 답변드리겠습니다. 저에게 베토벤과 베토벤의 음악은 신념입니다.

○잠깐 생각났을 때 묻는다면, 시의 문단 모양이 독특합니다. 거의 모든 작품이 일반적인 왼쪽 정렬이 아니라 가운데 정렬로 되어 있습니다. 물론 형식적인 구조의 문제겠지만 작가의 의도가 있는지 궁금합니다.

출판사 대표님과도 이 문제를 두고 전화상으로 여러 번 대화를 나누었던 기억이 납니다. 저는 전업 시인이 아니기 때문에 통상적인 시집 원고 작성 방법을 몰랐습니다. 시집 원고가 만약에 채택된다면 행간이나 정렬 문제는 출판사에서 편집을 통하여 알아서 처리해줄 것이라 막연하게 생각하고 평소에 선호하던 방식으로 원고를 작성했을 뿐입니다. 특별한 의도가 있었던 것은 아닙니다.

○가령 눈물 젖은 빵, 사르카즘, 뷔페에서 있었던 일, 평양냉면 등 음식 소재도 자주 읽혀집니다. 음식이나 음식과 관련된 에피소드가 시에 등장하고 있습니다. 특별히 좋아하는 음식이 있는지요?

제가 제일 좋아하는 음식은 탕수육입니다. 한때 저의 이상형이 탕수육을 맛있게 만드는 중국집 사장님 딸이었던 적도 있었습니다.

○부먹파인지요? 찍먹파인지요?

저는 부먹파와 찍먹파가 피 튀기며 싸울 때 그 틈새를 이용하여 배를 채우는 중도실용주의자입니다.

스크랴빈은 악의 시인

○스크랴빈에 대한 작가의 개인적인 관심사는 무엇인지요?

제가 스크랴빈의 음악에서 주목하는 것은 그의 음악 곳곳에서 드러나는 악의 이미지입니다. 스크랴빈은 악에 집착했던 인물이었습니다. 특히 악은 그의 후기 음악을 이루는 핵심 구성 요소였지요. 그는 악을 회피하고 두려워하지 않았습니다. 오히려 악을 미화하고 찬양했습니다. 그리고 급기야는 악을 숭배하고 신성화하기까지 했지요. 악에 대한 그의 집착은 두려울 정도입니다. 이것은 저만의 생각이 아닙니다. 실제로 피아니스트 백건우 선생은 한때 그의 음악을 집중적으로 연주하셨는데 어느 순간 음악에서 드러나는 악의 요소에 두려움을 느낀 나머지 스크랴빈의 음악 연주를 중단하기까지 했습니다. 스크랴빈은 보들레르와는 다른 방식으로 악에 리듬을 부여하여 악을 노래했던 악의 시인이었습니다.

○아람 하차투리안이 높이 평가했다는 정추 선생의 작품 〈조국〉은 아직도 초연된 적이 없는지요. 〈조국〉에 대해 약간 해설을 부탁드려도 되겠는지요.

제가 알기로는 그의 〈조국〉은 아직 한국에서 연주된 적이 없습니다. 〈조국〉은 그가 모스크바 국립 음악원을 졸업할 때 제출한 작품이었는데 당시 졸업시험의 심사를 맡았던 아람 하차투리안이 그 작품을 높게 평가했지요. 얼마 전에 누군가 유튜브에 그의 음악들을 업로드 해놓았던 것을 발견했습니다. 〈조국〉도 업로드되어 있어서 들어봤는데 제 예상대로 철저하게 조성에 입각한 음악이었습니다. 그 작품에 대한 자세한 해설은 사양하겠습니다. 대신 직접 그 작품을 들어보실 것을 권해드립니다. 아! 공교롭게도 그의 〈조국〉이 유튜브에 업로드된 날이 제가 〈순간의 환영〉을 처음으로 출판사에 투고한 날이더군요.

○언어유희, 유머, 미소 등 이 시집에서 읽혔던 또 하나의 워딩입니다. 이런 것들은 문학에서도 일정 부분 존중되겠지만, 음악에서도 통하는지요?

　하이든이나 프로코피예프의 음악을 들어보시기를 바랍니다. 유머와 음악은 충분히 융합될 수 있고 떼려야 뗄 수 없는 관계에 있다는 것을 알게 되실 겁니다.

○'블라디미르 소프로니츠키를 기리며'라는 부제가 붙은 「찬가」는 또 하나의 헌정 시입니다. 리흐테르가 소프로니츠키에게 했던 말도 인상적이었지만 그보다 시에 나오는 한 구절 "음악에 대한 영감이 떨어졌을 때는 소프로니츠키의 음반을 감상하라"는 말이 더 인상적이었습니다. 소프로니츠키에 대해 말한다면?

인간이 피아노로 낼 수 있는 피아노 소리가 있고 인간이 피아노로 낼 수 없는 피아노 소리가 있습니다. 블라디미르 소프로니츠키는 인간이 피아노로 낼 수 없는 피아노 소리를 언제 어디서나 자유자재로 낼 수 있었던 진정한 거장이었습니다. 그의 음반들 가운데는 기술적으로 심각한 결함을 가진 음반들이 많이 있습니다. 그는 음반 녹음 작업을 극도로 싫어했기 때문에 녹음 기술자나 열성 팬이 연주회 직전에 소프로니츠키 몰래 피아노나 피아노 주위에 녹음 장비를 설치해서 연주회 녹음이 이루어진 경우가 많았는데요. 그런 상황에서 이루어진 녹음은 기술적으로 큰 결함을 가지고 있을 수밖에 없습니다. 그런데 그런 녹음들에서도 그의 살아 숨 쉬는 듯한 피아노 소리는 그대로 포착되어 있습니다. 놀라운 일이지요. 그는 말 그대로 기적의 음악가였습니다.

○"음악에 정답은 없는 법"이라는 쇼스타코비치의 녹취록 대담 중 거장의 생생한 발언은 마치 음악회 현장에서 연주를 듣는 것 같았습니다. 음악에 정답은 없는지요?

음악에 정답은 있을 수도 없고 있어서도 안 됩니다. 만약 음악에 정답이 있는 순간이 온다면 바로 그 순간이 인류가 파멸해야 마땅한 순간이라고 생각합니다.

○시인의 삶과 음악인의 삶은 같은 것입니까? 다른 것입니까? 음악이 시가 될 수 있습니까? 시가 음악이 될 수 있습니까? 시와 음악의 차이는 무엇이라고 생각하시는지요?

질문들이 폭포수처럼 쏟아지는군요. 하나하나 대답해 보도록 하겠습니다. 출판사에서 작가 프로필 작성을 요청했을 때 '시인선 원고를 공모한 출판사에 보낸 시집 원고가 채택되어서 얼떨결에 시인이 되었다.' 하는 문장을 적어 넣기는 했습니다. 하지만 냉정하게 말해서 저는 시인도 아니고 음악인도 아닙니다. 저는 시 애호가인 동시에 음악 애호가일 뿐입니다. 예술이 직업이 되는 순간만큼 불행한 순간은 없습니다. 저는 예술을 적당히 향유할 수 있는 아마추어 예술 애호가가 세상에서 가장 행복한 사람이라고 생각합니다. 시인과 음악인이 겪는 모든 비극의 출발점은 시와 음악이 생계 수단이 되는 순간입니다. 제게 시와 음악은 생계 수단이 아니라 생존 수단입니다. 지금까지 그래왔고 앞으로도 그럴 것입니다. 저는 시인이었던 적도 없고 음악인이었던 적도 없었기에 첫 번째 질문에 대해서는 명쾌한 답변을 드리지 못할 것 같습니다.

두 번째 질문에 대하여 대답해 보도록 하겠습니다. 음악이 시가 될 수 있는지를 물어보셨는데 위대한 작곡가들의 가곡 가사는 대부분 위대한 시인들의 시를 그대로 발췌한 경우가 많습니다. 슈만이나 브람스의 가곡들을 들어보시기를 바랍니다. 피아노 반주 파트가 가사를 자연스럽게 이끌고 나가는 것을 발견하실 수 있을 겁니다. 음악이 시와 융합되고 시 자체가 되어 청중들에게 다가가는 모습은 정말 감동적인 장면이지요. 두 번째 질문에 대한 답변은 이것으로 충분할 것 같습니다. 세 번째 질문(시가 음악이 될 수 있습니까?)은 사실상 두 번째 질문과 같은 맥락에 있기에 세 번째 질문에 대한 답변은 따로

하지 않겠습니다.

　네 번째 질문(시와 음악의 차이는 무엇이라고 생각하시는 지요?)에 대하여 대답해 보도록 하겠습니다. 시와 음악은 장르는 다르지만 사실상 형제입니다. 내면의 소리가 언어화 과정을 거쳐서 활자화된다면 그것이 바로 시입니다. 내면의 소리가 오선지에 기보된 후 악기에 의하여 소리로 형상화된다면 그것이 바로 음악입니다. 시와 음악의 차이를 논하는 것은 사실상 무의미한 일이라고 생각합니다.

○시를 쓰는 시간이 따로 있는지요. 이번 시집은 대체로 언제 쓴 것인지요.

　주로 술을 마시면서 또는 술을 마신 후에 시를 쓴 것 같습니다. 저는 지금도 술을 마실 때 안주를 먹는 대신 시를 씁니다. 〈순간의 환영〉은 2020년 10월부터 쓰기 시작해서 2021년 9월에 완성했습니다. 시집을 완성하는 데는 1년이 채 걸리지 않았는데 원고를 투고하고 채택되기까지는 거의 2년 가까이 걸렸네요.

○약력을 보면 러시아 모스크바 차이콥스키 국립 음악원 부속 우칠리쉬(the Academic Music College of Moscow State Tchaikovsky Conservatory)와 러시아 모스크바 차이콥스키 국립 음악원을 졸업한 것으로 되어 있는데 전공은 무엇이었는지요. 또 음악원에서 공부할 때 소위 그 음악원의 학풍은 무엇이라고 할 수 있겠는지요.

저는 피아노를 전공했습니다. 모스크바 차이콥스키 국립 음악원은 설립 당시부터 현재까지 아카데미즘에 입각한 교육 방식을 일관되게 고수하고 있습니다.

○러시아에서의 학창 시절이 궁금합니다.

학창 시절 저는 심리적으로 불안정했고 인간적으로는 성숙하지 못했습니다. 러시아는 강요에 의해서가 아니라 제가 정말로 원해서 갔습니다. 하지만 러시아에서의 학창 시절은 제 인생의 검은 페이지로 남아 있습니다. 그 순간들을 부정하지는 않겠습니다. 하지만 제가 일부러 그때의 기억을 하나하나 되살려서 회상하고 싶지는 않습니다. 저는 그곳에서 겪었던 몇몇 일들로 인하여 말로 표현하기 힘들 만큼 정신적으로 큰 충격을 받았고 트라우마를 극복하기까지 너무나 힘겨운 시간을 보내야만 했습니다.

○이번 시집이 출간되면 혼자 조용히 낭독하고 싶은 시 1편을 꼽는다면? 그리고 어디서 낭독하고 싶은지요? 그 장소를 말해줄 수 있는지요.

서정 소품집을 장식하는 「무언가―Song Without Words」를 꼽겠습니다. 달이 보이는 시간대에 달이 보이는 곳에서 조용히 그 작품을 낭독하고 싶습니다.

○시의 독자는 생각보다 훨씬 빠르게 소멸하고 있습니다. 시가 읽히지 않는 이 시대에 시를 쓰는 시인의 심경은 어떠하십

니까?

저는 자가호흡이 불가능한 상태에서 산소호흡기를 사용하여 생을 유지하는 사람의 심경으로 시를 쓰며 인생을 살아내고 있습니다.

○이번 시집을 출간하면 꼭 하고 싶은 일이 있는지요. 구체적으로 무엇을 하고 싶은지요. 예컨대 출판기념회 같은 것을 계획하고 있는지, 북토크나 북콘서트 같은 것도 구상하고 있는지요.

시집이 출간되면 가까운 사람들에게 시집을 나누어주고 여행을 떠나고 싶습니다. 요즘 부쩍 강릉에 가고 싶은 생각이 많이 드네요. 10년 전에 홀로 무작정 강릉으로 여행을 떠났던 적이 있습니다. 경포대 해수욕장에서 파도 소리를 들으며 하염없이 백사장을 거닐었는데 그때 들었던 파도 소리를 잊을 수가 없습니다. 해수욕장 근처에 기가 막힐 정도로 해장국을 맛있게 만드는 식당이 있었는데 지금도 있는지는 모르겠네요. 동원식당이었나? 식당 이름이 정확하게 기억나지 않지만 경포대 해수욕장에 도착하면 바로 찾아갈 수 있을 것 같습니다. 출판기념회는 계획하고 있지 않습니다. 저는 자신을 드러내는 것을 극도로 싫어하는 사람입니다. SNS를 사용하지 않고 싫어하는 것도 같은 이유입니다. 노출증 환자가 되고 싶지 않습니다. 북토크나 북콘서트는 글쎄요…. 제 기억이 틀리지 않다면 출판사의 시선집 원고 공모문에 시집 출판 후 독자와의 대화 행사 진행이라는 문구가 적혀 있었던 것 같은데 출판사에서 주최하는 행사 외에 제가 따로 북토크나 북콘서트를 여는 일은 없을 것입니다.

○인생이나 음악이나 문학의 장(場) 밖에서 혹은 밖에서 부정 기적으로 편하게 소통할 수 있는 사람이 있는지요.

　달을 바라보며 소통하는 사람이 있습니다. 저는 그렇게 믿 습니다.

○이번 시집 출간 이후 문학과 관련된 일이나 음악과 관련된 계획 중에서 이 지면을 통해 소개할 수 있는 것이 있다면 말 해주십시오.

　저는 계획을 세워놓고 살아가는 사람이 아닙니다. 시집이 출간되면 한동안 조용히 책을 읽고 음악을 듣고 피아노 연습 을 하면서 유유자적하게 살아갈 것 같습니다. 사실 시, 산문, 스케치 모음으로 이루어진 또 하나의 원고가 있고 현재 해당 원고를 여러 출판사에 투고한 상태입니다. 만약에 그 원고가 채택된다면 제 이름이 박힌 책이 또 한 권 세상에 나오게 되겠 지요. 『순간의 환영』은 원고 투고 기간이 거의 2년 가까이 걸 렸는데 그 원고의 운명은 어떻게 될 것인지 조용히 지켜볼 생 각입니다. 원고가 채택되지 않더라도 개의치 않을 생각입니 다. 적어도 저는 늦게나마 제 작품이 채택되어서 빛을 보는 광 경을 살아생전에 제 눈으로 직접 봤으니까요. 미하일 불가코 프나 에밀리 디킨슨에 비하면 저는 운이 좋은 편입니다. 그들 에 비하면 저는 결과에 불평할 처지가 못 됩니다.

○끝으로 음악도 문학과 마찬가지로 낡은 관념으로부터 벗어나 새로운 사유가 필요할 것입니다. 향후 한국 음악이 나아가야 할 방향을 말한다면 혹은 그 방향에 대해 구체적으로 제안하고 싶은 것이 있다면 말씀해주십시오.

특별히 제안하고 싶은 것은 없습니다. 문학계이든 음악계이든 세계는 어떻게든 흘러가게 되어 있습니다. 저는 그저 조용히 세계가 흘러가는 모습을 지켜보고 세계가 흘러가는 소리를 듣고 싶습니다. 강물이 흐르는 모습과 강물이 흐르는 소리를 보고 듣듯이요. 확실히 나이가 드니까 사람이 관조적으로 변하는 것 같습니다. 아무래도 남성 갱년기가 한 몫을 단단히 한 것 같네요. (웃음)